Ellen Schreiber a été comédienne et humoriste. Elle a eu une révélation au cours d'un voyage en avion : elle deviendrait écrivain. Pour travailler, elle pose son ordinateur sur une nappe en forme de toile d'araignée. De cette façon, l'inspiration ne lui fait jamais défaut.

Vampire Kisses

www.castelmore.fr

Ellen Schreiber

Vampire Kisses

TOME I

Traduit de l'anglais (États-Unis)
par Nenad Savic

CASTELMORE

Titre original : *Vampire Kisses*

Loi n° 49-956 du 16 juillet 1949 sur les publications destinées à la jeunesse

Dépôt légal : juin 2011

ISBN : 978-2-36231-022-5

CASTELMORE
60-62, rue d'Hauteville – 75010 Paris
E-mail : info@castelmore.fr
Site Internet : www.castelmore.fr

Remerciements

Un million de mercis à mon éditrice Katherine Brown Tegen pour ses conseils avisés, son talent et son amitié.

Merci aussi à Julie Hittman pour le travail fourni et la communication, ainsi qu'à toute la formidable équipe de HarperCollins.

Je suis infiniment reconnaissante à mon frère, Mark Schreiber, pour sa générosité et son expertise.

Bisous à Suzie, Ben et Audrey Schreiber pour leur soutien et le voyage mémorable à La Nouvelle-Orléans.

À mon père, Gary Schreiber, avec tout mon amour.
Merci de m'avoir permis de voler de mes propres ailes.

« Je voudrais pouvoir mordre à belles dents dans une relation. »

Alexander Sterling

1

Petit monstre

J'avais cinq ans, la première fois que c'est arrivé. Je venais de finir de colorier *Mon Cahier de maternelle*. On y trouvait des dessins de papa et maman semblables à des tableaux de Picasso, un collage de papier crépon représentant Elmer, ainsi que les réponses à des questions (couleur et animal de compagnie favoris, meilleur ami, etc.) écrites par Mme Peevish, notre maîtresse, au moins centenaire.

Mes camarades et moi étions assis en demi-cercle sur le sol du coin lecture.

— Bradley, qu'est-ce que tu voudras faire quand tu seras grand ? demanda Mme Peevish lorsqu'on eut répondu à tout le reste.

— Pompier ! cria-t-il.

— Cindi ?

— Euh… infirmière, chuchota docilement Cindi Warren.

La maîtresse posa la même question aux autres. Des policiers. Des astronautes. Des footballeurs. Puis vint mon tour.

— Et toi, Raven, qu'est-ce que tu voudras faire quand tu seras grande ? m'interrogea Mme Peevish en me transperçant de ses yeux verts.

Je ne répondis rien.

— Actrice ?

Je secouai la tête.

— Docteur ?

— Non, répliquai-je.

— Hôtesse de l'air ?

— Beurk !

— Quoi, alors ? s'agaça-t-elle.

Je réfléchis quelques secondes.

— Je veux être…

— Oui ?

— Je veux être… vampire ! clamai-je à la grande stupéfaction de Mme Peevish et de mes camarades.

Un instant, je crus qu'elle allait rire. Peut-être l'a-t-elle fait, un peu. En revanche, les enfants assis à côté de moi s'éloignèrent discrètement.

J'ai passé la majeure partie de mon enfance à regarder les autres me fuir discrètement.

Selon les versions, je fus conçue sur le matelas à eau de papa ou sur le toit de la résidence universitaire de maman. Mes parents étaient des âmes sœurs incapables de laisser les années soixante-dix derrière eux : le grand amour assaisonné de drogue et d'encens à la framboise, sur fond de Grateful Dead. Une jeune femme couverte de perles, vêtue d'un débardeur et d'un short coupé dans un vieux jean, pieds nus, main dans la main avec un jeune homme aux cheveux longs, mal rasé, bronzé, affublé de lunettes à la Elton John, d'une veste en cuir, d'un pantalon à pattes d'éléphant et de sandales. Finalement, ils ont eu de la chance que je ne sois pas encore plus excentrique. J'aurais pu rêver de devenir un genre de loup-garou hippie avec des perles dans les cheveux ! À la place, j'étais obsédée par les vampires.

Sarah et Paul Madison devinrent plus responsables après ma naissance. Enfin, disons qu'ils se défoncèrent un peu moins. Ils vendirent le van Volkswagen « *flower power* » dans lequel ils vivaient et louèrent un appartement, décoré de posters de fleurs fluorescents en 3D et de lampes orange. C'étaient des lampes à lave remplies d'un genre de pâte à modeler en mouvement perpétuel qu'on pouvait regarder toute la journée sans se lasser. Ce fut la plus belle période de ma vie. Tous les trois, nous faisions des parties de jeu de l'oie à n'en plus finir en mâchouillant des viennoiseries fourrées à la crème. On veillait tard pour regarder des films de Dracula, *Dark Shadows* avec le tristement célèbre Barnabas Collins et *Batman* sur la télé en noir et blanc qu'on avait reçue en ouvrant un compte à la banque. Je me sentais bien, en sécurité, dans la nuit noire, à caresser le ventre arrondi de maman qui faisait les mêmes bruits que les lampes à lave orange. Je me disais qu'elle allait donner naissance à de la pâte à modeler en mouvement.

Tout changea lorsqu'elle accoucha d'une bonne pâte... pas d'une pâte à modeler. De Nerd Boy ! Était-ce possible ? Comment pouvait-elle faire une croix sur nos soirées viennoiseries ? Elle se couchait tôt, désormais, et la chose que mes parents appelaient « Billy » pleurait et s'agitait toute la nuit. Soudain, je me retrouvai seule. Pendant que maman dormait, que le futur Nerd Boy geignait et que papa changeait des couches puantes dans le noir, Dracula me tenait compagnie. Le Dracula de la télé, évidemment.

Comme si cela ne suffisait pas, ils m'envoyèrent dans un endroit qui n'était pas notre appartement, un endroit plein de petites filles vêtues de robes à fanfreluches et de petits garçons en pantalons fuseaux, parfaitement peignés et tout droit sortis d'un catalogue de grand magasin. Papa et maman l'appelaient « la maternelle ». Il n'y avait pas de fleurs en 3D sur les murs, mais un collage ennuyeux d'empreintes de mains d'enfants. *Qui a décoré cette piaule ?* me demandai-je.

— Tu vas te faire des copains, me rassura maman alors que je m'agrippais à elle pour ne pas mourir.

Elle me fit « au revoir » de la main et me souffla des baisers tandis que je restai seule à côté d'une imposante Mme Peevish. Aussi seule qu'on pouvait l'être. Je regardai maman partir avec Nerd Boy sur la hanche. Ensemble, ils retournaient là où il y avait des posters fluorescents sur les murs, où on regardait des films de monstres et où on mangeait des viennoiseries.

Je traversai cette journée sans trop savoir comment. Je coupai et collai du papier noir sur du papier noir, peignis avec les doigts les lèvres de Barbie en noir, racontai à l'assistante des histoires de fantômes, pendant que les autres gosses habillés comme dans les publicités s'activaient comme les membres d'une même famille à un pique-nique géant. Au point que je fus heureuse de revoir Nerd Boy lorsque maman et lui vinrent me chercher.

Cette nuit-là, elle me trouva scotchée à l'écran de la télé en train d'embrasser Christopher Lee dans *Le Cauchemar de Dracula*.

— Raven ! Qu'est-ce que tu fais debout à cette heure ? Tu vas à l'école demain !

— Quoi ? Mais, j'y suis déjà allée ! paniquai-je.

La viennoiserie à la cerise que je mangeais tomba par terre en même temps que mon cœur.

— Ma petite Raven, l'école, c'est tous les jours !

Tous les jours ? Les mots résonnèrent dans ma tête. Une condamnation à perpétuité !

Cette nuit-là, Nerd Boy ne parvint pas à crier et pleurer aussi fort que moi.

Allongée seule dans mon lit, je priai pour que les ténèbres soient éternelles et que le soleil ne se lève plus jamais.

Malheureusement, le lendemain matin, je fus réveillée par une lumière aveuglante et un monstrueux mal de tête.

Je ne demandais qu'à être proche de quelqu'un. Sauf que je ne trouvai personne ni à l'école ni chez moi. À la maison, les lampes à lave firent place à des lampadaires de style Tiffany, les posters fluorescents furent recouverts de papier peint Laura Ashley et notre télé noir et blanc à l'image granuleuse fut remplacée par un modèle couleur de soixante centimètres de diagonale.

À l'école, au lieu de chanter les chansons de *Mary Poppins*, je sifflais le thème de *L'Exorciste*.

En milieu d'année, j'essayai de devenir un vampire. Trevor Mitchell, un petit blond aux yeux verts pétillants toujours bien peigné, devint ma Némésis le jour où il voulut me prendre mon tour de toboggan et où il ne parvint pas à soutenir mon regard noir. Il me détestait parce que j'étais la seule à ne pas avoir peur de lui. Les maîtresses et les élèves lui faisaient les yeux doux parce que son père possédait les terres sur lesquelles étaient bâties la plupart de leurs maisons. Trevor était dans sa phase « morsure » lui aussi. Mais il ne voulait pas devenir vampire comme moi, il était seulement méchant. Il avait arraché un morceau de chair à tout le monde sauf à moi. Et il commençait à me taper sur les nerfs !

Nous étions dans la cour à côté du panier de basket quand je pinçai son bras boudiné si fort que je crus que le sang giclerait. Son visage devint rouge comme une betterave. J'attendis sans bouger. Trevor tremblait de colère et ses yeux étincelaient d'un désir de vengeance. Je lui souris facétieusement en réponse. Enfin, il mordit ma main qui n'attendait que ça, laissant des marques bien visibles. Mme Peevish ne put faire autrement que de le punir en l'obligeant à rester assis contre un mur, pendant que je courais joyeusement autour de la cour en attendant de me transformer en chauve-souris vampire.

— Cette petite Raven est vraiment bizarre, entendis-je Mme Peevish dire à une autre maîtresse, tandis que je passais en sautillant devant un Trevor en larmes et occupé à piquer une crise de nerfs sur le goudron.

Je lui soufflai un baiser reconnaissant avec ma main meurtrie.

J'exhibai ma blessure avec fierté en montant sur la balançoire. Je pourrais voler, désormais, non ? J'avais juste besoin qu'on m'aide à prendre de la vitesse. La balançoire monta aussi haut que la clôture, mais ce n'était pas suffisant; je visai les nuages duveteux. Le portique rouillé menaça de céder lorsque je décidai enfin de sauter. J'avais décidé de survoler la cour et de me poser devant un Trevor abasourdi. Au lieu de quoi je tombai dans la boue en me blessant davantage la main. Je pleurai parce que je n'avais pas de pouvoir surnaturel et non à cause de ma chair endolorie.

Après avoir mis de la glace sur ma morsure, Mme Peevish me força à m'asseoir contre le mur pour me reposer tandis que ce petit morveux de Trevor pourri gâté était libre de jouer. Il me souffla un baiser pour me provoquer et me lança:

— Merci.

Je lui tirai la langue et l'insultai en utilisant un mot de gangster entendu dans *Le Parrain*. Mme Peevish m'ordonna immédiatement de rentrer. Durant mon enfance, j'ai très souvent été punie pendant la récréation. Rester dans mon coin pendant que les autres jouaient: tel était mon destin.

• 2 •

Dullsville

Le panneau officiel de bienvenue de ma ville devrait affirmer : « Bienvenue à Dullsville ! Plus grande qu'une grotte, mais juste assez petite pour qu'on s'y sente claustrophobe ! »

Une population de huit mille clones, une météo atroce douze mois sur douze (c'est-à-dire ensoleillée), des maisons toutes construites sur le même modèle et des champs à perte de vue : Dullsville. Le train de marchandises de 8 h 10 coupe la ville en deux : un bon et un mauvais côté. De l'un les champs de maïs, de l'autre le golf. Les tracteurs ou les golfettes. Cette ville marche sur la tête. Comment des terres où poussent maïs et blé peuvent-elles coûter moins cher qu'un bunker sur un dix-huit trous ?

Le palais de justice vieux d'un siècle s'élève sur la place centrale. Je ne me suis pas encore attiré assez d'ennuis pour qu'on m'y conduise. Des boutiques, une agence de voyages, un magasin d'informatique, un fleuriste et un cinéma qui ne passe jamais les derniers films entourent joyeusement la vaste esplanade.

J'aurais préféré que notre maison monte sur les rails du train et nous emmène loin d'ici, mais non, elle se dressait résolument du bon côté de la voie, près du country club. Dullsville. Le seul endroit intéressant est un manoir abandonné construit au sommet de Benson Hill par une baronne en exil. Elle a d'ailleurs fini par y mourir dans l'isolement le plus total.

Je n'ai qu'une seule amie à Dullsville, Becky Miller, une fille de fermiers encore moins populaire que moi. J'ai fait sa connaissance officiellement en CE2. Assise sur les marches de l'école où j'attendais maman – en retard, comme d'habitude depuis qu'elle essayait de se transformer en femme d'affaires –, je remarquai une fille à l'air étrange en train de pleurer comme un bébé au pied de l'escalier. Elle n'avait pas d'amis, car elle était timide et habitait à l'est de la voie ferrée. C'était un des rares enfants de fermiers de l'école, et elle était assise deux rangs derrière moi en classe.

— Qu'est-ce qu'il y a ? demandai-je, désolée pour elle.

— Ma maman m'a oubliée ! brailla-t-elle, les mains plaquées sur son visage mouillé de larmes et pathétique.

— Mais non ! la consolai-je.

— Elle n'a jamais tant de retard !

— Elle est peut-être coincée dans les embouteillages.

— Tu crois ?

— Mais oui ! Ou alors elle a reçu un coup de fil d'un de ces représentants qui nous embêtent et nous demandent tout le temps : « Ta maman est à la maison ? »

— Vraiment ?

— Ça arrive tout le temps. Ou bien elle s'est arrêtée pour acheter un goûter et il y a la queue à l'épicerie.

— Tu crois qu'elle ferait ça ?

— Pourquoi pas ? Il faut bien que tu manges. Allez, n'aie pas peur, elle va venir.

À ce moment arriva un pick-up bleu avec à son bord une maman navrée et un chien de berger à poil long très sympa.

Becky revint vers moi en courant.

— Ma maman m'a dit que tu pouvais venir chez moi samedi, si tes parents sont d'accord.

Personne ne m'avait jamais invitée chez lui. Je n'étais pas timide comme Becky, seulement impopulaire. J'étais toujours en retard à l'école parce que je ne parvenais pas à me réveiller à l'heure. Je portais des lunettes de soleil en classe et j'avais des opinions... différentes.

Becky avait une cour aussi grande que la Transylvanie, un endroit super pour se cacher, jouer aux monstres et manger toutes les pommes qu'un ventre d'élève de CE2 pouvait contenir. J'étais la seule de la classe à ne jamais la frapper, à ne pas l'exclure ni l'insulter ; d'ailleurs, je n'hésitais jamais à donner des coups de pied à ceux qui s'en prenaient à elle. Elle était mon ombre tridimensionnelle. J'étais sa meilleure amie et son garde du corps. Et je le suis toujours.

Quand je ne jouais pas avec Becky, je passais mon temps à me mettre du rouge à lèvres et du vernis à ongles noirs, à érafler mes rangers déjà usées et à me plonger dans les romans d'Anne Rice. J'avais onze ans quand nous sommes partis en vacances à La Nouvelle-Orléans. Maman et papa voulaient jouer au black-jack à bord du *Flamingo*, un casino flottant. Nerd Boy, lui, voulait aller à l'aquarium. Moi, j'étais décidée à visiter la maison natale d'Anne Rice, les demeures anciennes qu'elle avait restaurées et le manoir dans lequel elle habitait désormais.

Je restai hypnotisée devant le portail en fer du méga-manoir gothique. Maman, qui s'était invitée toute seule, était à côté de moi. J'avais l'impression d'avoir des corbeaux au-dessus de la tête, alors que rien ne volait dans le ciel. C'était un vrai gâchis de ne pas être venue de nuit, le spectacle aurait été encore plus beau. De l'autre côté de la rue, plusieurs filles qui me ressemblaient prenaient des photos. J'eus envie de les rejoindre et de crier : « Eh ! soyons amies ! On fera le tour des cimetières ensemble ! » Pour la première fois de ma vie, j'étais à ma place dans cette ville où on empilait les cercueils pour qu'ils soient bien visibles au lieu de les enterrer, et où les adultes arboraient des cheveux hérissés et bicolores. Il y avait des gens intéressants partout, sauf sur Bourbon Street, où les touristes semblaient tous débarquer de Dullsville. Soudain, une limousine déboucha dans la rue. La limousine la plus noire que j'aie jamais vue. Le chauffeur, avec casquette noire et tout, ouvrit la portière, et elle sortit de la voiture !

Je restai immobile, abasourdie, comme si le temps s'était arrêté. J'avais devant moi mon idole ultime : Anne Rice !

Elle dégageait quelque chose, comme une star de cinéma, un ange gothique, une créature céleste. Ses longs cheveux noirs et luisants retenus par un bandeau doré lui tombaient sur les épaules. Elle portait une longue et ample jupe soyeuse et une fabuleuse cape noire de vampire. Je restai sans voix. J'allais faire une syncope.

Heureusement, il en fallait beaucoup plus pour faire taire maman.

— S'il vous plaît, ma fille aimerait beaucoup que vous lui signiez un autographe.

— Bien sûr, répondit gentiment la reine de la nuit.

Je m'approchai d'elle ; mes jambes en guimauve menaçaient de fondre au soleil à tout moment.

Après avoir signé un Post-it jaune que maman avait trouvé dans son sac, la star du gothique me prit par la taille et afficha un sourire sincère. Elle avait accepté d'être prise en photo avec moi !

Jamais je n'avais souri si franchement de toute ma vie. De son côté, c'était sans doute sa millionième photo avec une fan, un instant qu'elle oublierait aussitôt et dont je chérirais le souvenir jusqu'à la fin de mes jours.

Pourquoi ne lui ai-je pas dit que j'aimais ses livres ? Pourquoi ne lui ai-je pas expliqué qu'elle comptait énormément pour moi ? qu'elle avait un pouvoir unique ?

Je criai d'excitation durant le reste de la journée, revivant la scène et la racontant encore et encore à papa et à Nerd Boy dans notre chambre d'hôtel rose pastel meublée avec des antiquités. C'était notre premier jour à La Nouvelle-Orléans et j'étais déjà prête à rentrer à la maison. L'aquarium débile, le Vieux carré, les groupes de blues, les colliers de perles de mardi gras n'avaient plus aucun intérêt, car je venais de rencontrer l'ange des vampires.

Après avoir attendu toute la journée le développement de la pellicule, je découvris que la photo d'Anne Rice et moi n'était pas dans la pochette. Je me retirai, boudeuse, à l'hôtel avec maman. Anne et moi avions déjà été photographiées séparément ; deux amoureuses des vampires ne pouvaient-elles pas apparaître sur la même photo ? Ou bien était-ce juste pour me rappeler qu'elle était une auteure à succès et moi une simple gamine rêveuse et geignarde traversant sa phase sinistre ? À moins que maman ne soit mauvaise photographe.

3

Purée de monstre

Mon cher seizième anniversaire… Tous les anniversaires ne devraient-ils pas être chers à notre cœur ? Pourquoi s'attacher spécialement au seizième ? Pour moi, le concept même d'anniversaire était surfait !

À Dullsville, on célébra ce jour comme n'importe quel autre.

Tout commença quand Nerd Boy me cria après :

— Debout, Raven ! Tu vas être en retard ! C'est l'heure d'aller à l'école !

Comment pouvait-on avoir les mêmes parents et être si différents ? À moins que la théorie du facteur ne soit pas totalement infondée. Sauf que, dans le cas de Nerd Boy, il devait plutôt s'agir du bibliothécaire.

Je m'extirpai du lit, enfilai une robe sans manches en coton noir et mes baskets noires, maquillai mes lèvres charnues avec du rouge à lèvres noir.

Deux gâteaux semés de fleurs blanches, l'un en forme de 1, l'autre de 6, m'attendaient sur la table de la cuisine.

Je passai mon index sur le 6 et léchai le glaçage.

— Joyeux anniversaire ! me dit maman en m'embrassant. Les gâteaux sont pour ce soir, mais tu peux déjà avoir ça, ajouta-t-elle en me tendant un paquet.

— Joyeux anniversaire, Rave, ajouta papa en m'embrassant sur la joue.

— Je parie que tu ne sais même pas ce que vous m'offrez, le taquinai-je en montrant le paquet.

— Effectivement, mais je me doute que ça coûte cher.

Je secouai la boîte légère et entendis un bruit. J'examinai le papier cadeau réservé pour les anniversaires. Des clés de voiture ? Ma Batmobile à moi toute seule ! Après tout, j'avais seize ans.

— Je voulais t'acheter quelque chose de spécial, reprit maman avec un sourire.

Je déchirai le papier, éventrai le paquet et soulevai le couvercle d'une boîte à bijoux. Pour découvrir un collier de perles blanches étincelantes.

— Toutes les jeunes filles devraient porter un collier de perles dans les grandes occasions, s'enthousiasma maman.

C'était sa version « comme il faut » du collier de perles en plastique hippie. Je me forçai à sourire et tâchai de dissimuler ma déception.

— Merci.

Je les serrai tous les deux dans mes bras. Je voulus ranger le cadeau dans sa boîte, mais mes parents me firent les gros yeux, aussi jouai-je au mannequin pour leur faire plaisir.

— Il te va très bien ! s'enflamma maman.

— Je le garderai pour les très grandes occasions, répondis-je en le remettant dans son écrin.

La sonnette retentit et Becky entra avec un petit sac noir.

— Joyeux anniversaire ! cria-t-elle en déboulant dans le salon.

— Merci. Tu n'étais pas obligée.

— Tu dis ça tous les ans, protesta-t-elle.

Elle me tendit le sac en chuchotant :

— Au fait, j'ai vu une camionnette de déménageurs devant le manoir, hier soir !

— Arrête ! De nouveaux locataires, enfin ?

— Apparemment. Tout ce que j'ai vu, ce sont des déménageurs, des bureaux en chêne, des horloges et d'énormes caisses marquées « TERRE ». Et ils ont un fils de notre âge.

— J'imagine qu'il est né avec un pantalon kaki, que ses parents ont étudié dans une université chic et qu'ils sont ennuyeux à mourir. J'espère qu'ils ne vont pas le restaurer et chasser toutes les araignées.

— Ouais, et qu'ils ne remplaceront pas le portail en fer forgé par des trucs en PVC blanc.

— Et qu'ils ne mettront pas une oie en plastique sur la pelouse.

On gloussa comme des folles et je plongeai la main dans le sac.

— Je voulais quelque chose de spécial. Tu as seize ans, quand même.

Je sortis du paquet un collier en cuir noir et un pendentif en étain. Une chauve-souris !

— Je l'adore ! m'exclamai-je en le mettant.

Maman me lança un regard mauvais depuis la cuisine.

— La prochaine fois, on lui donnera de l'argent, l'entendis-je dire à papa.

— Des perles ! dis-je à l'oreille de Becky comme nous sortions de la maison.

J'étais en cours de gym, vêtue d'une chemise, d'un short et de rangers noirs au lieu du blanc sur blanc et des baskets obligatoires. *Pourquoi, en fait ?* me demandai-je. Un ensemble blanc fait-il d'un élève un meilleur athlète ?

— Raven, je n'ai pas envie de t'envoyer dans le bureau du proviseur, aujourd'hui. Pourquoi, pour une fois, tu ne t'habillerais pas comme il faut pour me faire plaisir ? geignit M. Harris, le professeur de sport.

— C'est mon anniversaire, monsieur. Pourquoi vous ne *me* feriez pas plaisir, pour une fois ?

Il me regarda sans trouver de réplique.

— D'accord, mais juste aujourd'hui, alors, acquiesça-t-il enfin. Pas parce que c'est ton anniversaire, mais parce que je ne suis pas d'humeur à te renvoyer.

Becky et moi pouffâmes et partîmes vers les gradins, où attendait le reste de la classe.

Trevor Mitchell, la Némésis de mes années de maternelle, et son acolyte Matt Wells, occupé à se dandiner, nous emboîtèrent le pas. Tous les deux étaient parfaitement peignés, conservateurs et snobs. Des sportifs, quoi. Ils savaient qu'ils avaient fière allure, et les voir frimer ainsi me rendait malade.

— Wouah ! seize ans ! lança Trevor, qui avait manifestement entendu ma conversation avec M. Harris. C'est génial ! Elle est mûre pour l'amour, pas vrai, Matt ?

Ils nous avaient presque rattrapées.

— Ouais, mec, confirma Matt.

— À mon avis, ce n'est pas pour rien qu'elle ne veut pas s'habiller en blanc. Le blanc, c'est pour les vierges, hein, Raven ?

Il était mignon, c'est sûr. Ses yeux verts magnifiques et ses cheveux parfaits lui donnaient un air de mannequin.

Il changeait de copine chaque jour de la semaine. C'était un mauvais garçon, mais surtout un mauvais garçon riche, ce qui le rendait extrêmement ennuyeux.

— Eh ! ce n'est pas moi qui porte des sous-vêtements blancs ! lançai-je. Tu ne te trompes pas, je suis en noir pour une bonne raison. Tu devrais peut-être sortir un peu plus.

Becky et moi nous assîmes à l'autre bout des gradins, abandonnant Trevor et Matt sur la piste.

— Tu vas faire quoi pour ton anniversaire ? cria Trevor en s'asseyant avec nos camarades. (Assez fort bien sûr pour que tout le monde entende.) Ta copine fermière et toi allez rester à la maison tout votre vendredi soir à regarder *Vendredi 13* ? Peut-être que tu devrais en profiter pour passer une petite annonce du genre : « Monstre blanc célibataire de seize ans cherche âme sœur pour l'éternité. »

La classe tout entière éclata de rire.

Je n'aimais pas que Trevor me provoque, mais j'aimais encore moins qu'il se moque de Becky.

— Non, on se disait qu'on allait peut-être venir ruiner la fête de Matt. Sinon, il n'y aura personne d'intéressant là-bas.

Tout le monde était sous le choc. Becky roula les yeux, comme pour dire : *« Dans quelle galère tu vas m'embarquer ? »* Nous n'étions jamais allées aux fêtes si populaires de Matt. Il faut dire que nous n'avions jamais été invitées. De toute façon, nous n'y aurions pas mis les pieds. Moi, en tout cas.

La classe attendait la réaction de Trevor.

— Pourquoi pas ? Igor et toi pouvez venir... mais n'oubliez pas qu'on boit de la bière, pas du sang !

La classe rit de nouveau, et Trevor tapa dans la main de Matt.

M. Harris souffla dans son sifflet pour nous presser un peu et nous envoyer cavaler autour du terrain comme de vulgaires lévriers.

Becky et moi, nous allions au pas sans nous soucier de nos camarades en sueur.

— On ne peut pas y aller, protesta Becky. Dieu sait ce qu'ils vont nous faire !

— Et ce qu'on leur ferait, nous, tu y as pensé ? Ce sont mes seize ans, n'oublie pas. Un anniversaire dont je veux me souvenir !

• 4 •

Peur ou vérité

Les choses les plus excitantes qui soient arrivées à Dullsville depuis ma naissance, dans l'ordre chronologique :

1. Le train de 3 h 10 a déraillé, déversant ses boîtes de barres chocolatées, pour notre plus grand plaisir ;
2. Un élève de terminale a jeté un feu d'artifice dans les toilettes avant de tirer la chasse : la canalisation a explosé et l'école a été fermée une semaine ;
3. Le jour de mon seizième anniversaire, une famille – de vampires, selon la rumeur – a emménagé dans le manoir hanté de Benson Hill !

La légende du manoir voulait qu'il ait été construit par une baronne roumaine, exilée après une révolte paysanne dans laquelle son mari et la plupart des membres de sa famille avaient perdu la vie. La baronne avait choisi

Benson Hill parce que l'endroit lui rappelait sa propriété européenne, les cadavres en moins.

Elle vivait avec ses serviteurs dans un isolement total, terrifiée par les étrangers et la foule. J'étais toute petite lorsqu'elle est morte et je ne l'ai pas connue. En revanche, j'avais l'habitude de jouer autour de sa pierre tombale solitaire au cimetière. Les gens disaient qu'elle s'asseyait à une fenêtre de l'étage la nuit pour regarder la lune, et qu'aujourd'hui encore, les nuits de pleine lune et sous certains angles, on pouvait voir son fantôme derrière la vitre, tourné vers le ciel.

Personnellement, je ne l'ai jamais vu.

Depuis, le manoir avait été condamné. La rumeur disait que la baronne avait une fille en Roumanie et qu'elle s'adonnait à la magie noire. J'ignore si elle s'intéressait vraiment à la sorcellerie mais, en tout cas, elle ne s'intéressait pas à Dullsville (pas folle !) et ne vint jamais réclamer son héritage.

À mes yeux, cette demeure de style gothique que le reste du monde trouvait horrible était très belle. C'était la plus grande maison de la ville. La plus vide, aussi. Papa imaginait que c'était dû aux problèmes de succession et Becky la croyait hantée ; de mon côté, je pensais que c'était surtout parce que les femmes de cette ville détestaient la poussière.

Bien sûr, le manoir m'avait toujours fascinée. C'était ma maison de Barbie idéale, et je montais souvent là-haut dans l'espoir d'apercevoir des fantômes. Je ne l'avais visitée qu'une seule fois, quand j'avais douze ans. Je voulais la rafistoler un peu, en faire mon terrain de jeu. Y accrocher un panneau « INTERDIT AUX INTELLOS ET AUX NERDS ». Un soir, j'escaladai le portail en fer forgé et remontai discrètement l'allée sinueuse.

Le bâtiment était vraiment magnifique. Les murs étaient couverts de plantes grimpantes qui tombaient comme des larmes, la peinture s'écaillait, les tuiles étaient cassées et les mansardes inquiétantes. La porte en bois, grande et puissante, ressemblait à Godzilla. Elle était fermée à clé. Je me faufilai à l'arrière. Toutes les fenêtres étaient obstruées par des planches fixées à l'aide de longs clous, mais je remarquai que celles qui condamnaient les ouvertures du sous-sol ne tenaient pas très bien. Je m'efforçais d'en arracher une quand j'entendis des voix.

Je m'accroupis derrière des buissons et vis débouler une bande d'élèves de terminale. La plupart étaient soûls et l'un d'entre eux avait peur.

—Allez, Jack, on l'a tous fait, mentirent-ils en poussant vers le manoir un type portant une casquette de baseball. Entre là-dedans et rapporte-nous une tête réduite !

Je voyais que Jack Patterson était nerveux. Il était plutôt mignon, craquant même, le genre de gars qui aurait dû être en train de s'entraîner sous un panier de basket ou de faire le beau devant les filles au lieu de traîner dans une maison hantée avec ses copains.

À voir sa tête, on aurait dit que Jack avait déjà vu un fantôme. Soudain, il se retourna vers les buissons qui me servaient de cachette. Je sursautai, il cria, et on frôla tous les deux l'attaque cardiaque. Je m'accroupis davantage à l'approche du reste de la bande.

— Il hurle comme une petite fille alors qu'il n'est même pas encore entré, se moqua l'un d'entre eux.

— Barrez-vous ! s'énerva Jack. Je suis censé faire ça tout seul, non ?

Il attendit que les autres soient repartis et me fit signe de sortir des fourrés.

— Mince, tu m'as fichu une de ces trouilles ! commença-t-il. Qu'est-ce que tu fais là ?

— J'habite ici, mais j'ai perdu mes clés et j'essaie de rentrer..., plaisantai-je.

Il prit une profonde inspiration et sourit.

— Comment tu t'appelles ?

— Raven. Je sais qui tu es. Tu es Jack Patterson. Ton père tient le grand magasin où ma mère achète ses sacs de bourgeoise. Je t'ai déjà vu à la caisse.

— Ouais, je me disais bien que je t'avais déjà aperçue quelque part.

— Et toi, qu'est-ce que tu fais là ?

— C'est à cause d'un pari. Mes copains pensent que cette maison est hantée ; je dois la visiter et en rapporter un souvenir.

— Comme un vieux canapé ?

Il eut encore ce même sourire.

— Vas-y, fiche-toi de moi. De toute façon, ça n'a pas d'importance parce qu'il n'y a aucun moyen de...

— Mais si ! le coupai-je en lui montrant les planches mal fixées.

— Toi la première, alors ! lâcha-t-il en me poussant vers l'ouverture de ses mains tremblantes. Tu es plus petite.

Je me faufilai facilement par la fenêtre.

Il faisait vraiment très sombre à l'intérieur, même pour moi. Je distinguais à peine les toiles d'araignées. Cela me plut immédiatement. Il y avait des piles de cartons partout. À l'odeur, on aurait pu croire que cette cave était là depuis la préhistoire.

— Alors, tu viens ?

— Je suis coincé ! Je n'arrive plus à bouger !

— Tu ne vas quand même pas rester là, les fesses en l'air. Tu veux que tes copains te retrouvent comme ça ?

Je tirai, poussai. À mon grand soulagement, mais pas au sien, Jack passa enfin.

Je guidai le terminale terrifié dans le sous-sol puant de moisissure. Il me serrait la main si fort que je craignais qu'il ne me brise les doigts. Toutefois, son contact était agréable. Sa main était grande, forte, masculine. Pas comme celle de Nerd Boy, toujours molle et moite.

— On va où ? chuchota-t-il d'une voix apeurée. Je ne vois rien du tout !

Je distinguais les silhouettes de fauteuils massifs et de canapés recouverts de draps blancs et poussiéreux ; il s'agissait probablement des vieux meubles de la baronne qui passait ses nuits à regarder la lune.

— Je vois un escalier, dis-je. Suis-moi.

— Je n'irai pas plus loin ! Tu es complètement folle !

— Un miroir en pied, ça te dirait ? le taquinai-je en soulevant un drap.

— Je me contenterai d'une de ces boîtes vides !

— Sûrement pas. Tes copains te massacreront. Tu seras la risée de la bande jusqu'à la fin de tes jours. Crois-moi, je sais de quoi je parle.

Je regardai son visage et lus sa terreur. Je me demandai s'il avait peur de ses amis, des fantômes ou bien de l'escalier dont les marches risquaient de s'effondrer sous notre poids.

— Bon, d'accord, repris-je. Attends-moi ici.

— Parce que j'ai une autre solution ? Je serais incapable de retrouver la sortie !

— Mais d'abord…

— D'abord quoi ?

— Lâche-moi la main !

— Ah ! Ouais.

Il la lâcha.

— Raven…

— Quoi ?

— Fais attention !

Une pause.

— Jack, tu crois aux fantômes ?

— Bien sûr que non !

— Donc tu ne crois pas qu'il y ait un fantôme ici ? Je parle de celui de cette vieille femme.

— Chut ! Ne parle pas si fort !

Je souris, enthousiaste. Alors je me rappelai le pari et la mission que lui avait confiée sa bande et j'attrapai la casquette de Jack. Il cria encore.

— Calme-toi, c'est juste moi, pas un de ces fantômes effrayants auxquels tu ne crois pas.

Je gravis les marches grinçantes avec précaution pour me retrouver devant une porte fermée. Je tournai la poignée et elle s'ouvrit. J'étais dans un large couloir. Le clair de lune s'infiltrait entre les planches qui obstruaient les fenêtres. De l'intérieur, la maison paraissait encore plus vaste. Je caressai les murs en avançant, maculant mes doigts d'une douce poussière. Je tournai un coin et découvris un grand escalier. Quels trésors pouvait-il y avoir là-haut ? S'agissait-il de l'endroit où était apparu le fantôme de la baronne ?

Je montai sur la pointe des pieds avec autant de discrétion que mes lourdes rangers me le permettaient.

La première porte était fermée, de même que la deuxième et la troisième. Je collai mon oreille contre la quatrième et entendis des pleurs étouffés. Un frisson glacial me parcourut. J'étais au paradis. J'écoutai plus attentivement et je compris qu'il s'agissait juste du vent soufflant entre les planches des fenêtres. J'ouvris la porte d'un placard qui grinça comme un couvercle de cercueil. Peut-être abritait-il un squelette ! Au lieu de quoi je découvris de vieux cintres, sur lesquels pendaient non pas des vêtements, mais des toiles d'araignées. Je me demandai où les fantômes pouvaient bien se cacher. Je jetai un coup d'œil dans la bibliothèque. Il y avait un livre ouvert sur une petite table, comme si la femme qui regardait la lune était en train de lire lorsque la mort était venue la prendre.

J'attrapai *Châteaux roumains* sur une étagère en espérant découvrir un passage secret et peut-être un donjon peuplé de spectres. Rien ne bougea, excepté une grosse araignée marron et poilue qui traversa l'étagère poussiéreuse.

Soudain, un bruit très fort me fit sauter au plafond : un Klaxon ! De surprise, je lâchai le livre. J'avais complètement oublié la bande de Jack et ma nouvelle mission.

Je redescendis les larges marches et sautai les dernières. Une lumière intense brillait derrière les fenêtres du salon. Je grimpai sur le rebord d'une baie vitrée et, cachée par les planches, je jetai un coup d'œil dehors. Derrière le portail, les copains de Jack étaient assis sur le capot de leur voiture, dont les phares étaient braqués sur le manoir.

Comme l'un d'entre eux me regardait, je glissai la casquette de Jack entre deux planches et l'agitai comme si je venais de mettre le pied sur la lune. Un véritable triomphe pour moi. Ils me répondirent en levant le pouce.

Je retrouvai Jack en sueur, assis dans un coin du sous-sol sur une pile de caisses en bois. Il craignait autant les rats que les fantômes, semblait-il.

Il m'étreignit comme un enfant se serre contre sa mère.

— Tu as été longue !

— Tu vas avoir besoin de ça, répondis-je en lui remettant sa casquette sur la tête.

— Qu'est-ce que tu en as fait ?

— Je leur ai fait savoir que tu étais à l'intérieur. Prêt ?

— Prêt !

Il me poussa par la fenêtre comme s'il y avait un incendie. Je remarquai qu'il ne resta pas coincé, cette fois-ci.

Nous remîmes la planche en place, effaçant toute trace de notre passage.

— Pas question de faciliter la tâche à quelqu'un d'autre, expliquai-je.

Il me scruta comme s'il ne savait pas quoi faire de moi ni comment me remercier.

— Attends ! s'écria-t-il. J'ai oublié de prendre un souvenir !

— J'y retourne.

— Sûrement pas !

Il m'attrapa par le bras. Je réfléchis un instant.

— Tiens, prends ça, dis-je en lui tendant mon collier. (Il s'agissait d'un simple cordon en cuir orné d'un médaillon d'onyx.) Il ne coûte que 3 dollars, mais il ressemble à un bijou de baronne. Fais gaffe ! Ne laisse personne le faire estimer.

— La gloire va être pour moi alors que c'est toi qui as fait tout le travail.

— Prends-le avant que je change d'avis.

— Merci !

Il soupesa le collier avant de m'embrasser chaleureusement sur la joue. Je me cachai derrière un kiosque à moitié écroulé pendant qu'il rejoignait ses amis en courant, leur secouait le collier sous le nez et leur tapait dans la main. Ils l'adoraient, à présent, et moi aussi. Je plaquai ma main crasseuse sur la joue qu'il venait d'embrasser.

À partir de ce jour, Jack devint membre à part entière du club des gens cool et fut même élu délégué de sa classe. Je le croisai de temps en temps autour de la place de la ville et il avait toujours un sourire pour moi.

Je n'eus pas l'occasion de retourner dans ma maison de Barbie géante. L'exploit de Jack fit le tour de Dullsville et la police se mit à patrouiller tous les soirs dans le quartier de peur que d'autres gamins n'essaient de s'y introduire.

• 5 •

Une lumière à la fenêtre

Encore en sueur au sortir du cours de gym, Becky et moi passâmes devant le manoir sur le chemin de la maison. Je remarquai quelque chose que je n'avais encore jamais vu : une lumière. Les fenêtres ! Elles n'étaient plus condamnées !

— Becky, regarde ! m'écriai-je, tout excitée.

C'était le plus beau de tous les cadeaux d'anniversaire ! Une silhouette se découpait derrière une lucarne. Elle regardait les étoiles.

— Oh ! non ! Alors c'était vrai, Raven. Des fantômes ! cria-t-elle en s'accrochant à mon bras.

— Ce fantôme-ci conduit une Mercedes noire ! dis-je en désignant une luxueuse voiture garée dans l'allée.

— Allons-nous-en ! supplia-t-elle.

Soudain, la lumière des combles s'éteignit.

Nous sursautâmes toutes les deux. Becky enfonça ses ongles dans mon sweat-shirt d'occasion. Nous attendîmes, les yeux écarquillés, sans voix.

— S'il te plaît, partons! insista Becky. (Je refusai de bouger.) Raven, je suis déjà en retard pour le dîner et on le sera carrément plus pour la fête de Matt.

— Il te plaît Mattie, pas vrai? la taquinai-je sans lâcher le manoir des yeux.

Comme elle ne réagissait pas, je me tournai vers elle. Les joues de Becky étaient toutes rouges.

— Mais c'est vrai, en plus! Et c'est moi qui suis bizarre? lançai-je en secouant la tête.

— Raven, il faut que j'y aille!

J'aurais bien attendu jusqu'au matin, mais les gens à l'intérieur ne semblaient pas disposés à sortir.

La lumière, derrière la lucarne, avait allumé un feu dans mon âme.

— Il y a une Mercedes garée devant le manoir! informai-je ma famille au dîner.

J'étais en retard, comme d'habitude, sauf que c'était le soir de mon anniversaire.

— On dit qu'ils ressemblent à la famille Adams, commença Nerd Boy.

— Peut-être qu'ils ont une fille de ton âge, quelqu'un qui sait éviter les ennuis, ajouta ma mère.

— Elle me servirait à quoi, alors ?

— Peut-être que je pourrai jouer au tennis avec le père, intervint mon père, plein d'espoir.

— En tout cas, ils vont avoir un sacré boulot, parce que pour se débarrasser de toutes ces caisses et de tous ces miroirs…, ajoutai-je sans me rendre compte de ce que je disais.

Ils fixèrent tous leur regard sur moi.

— Quelles caisses ? demanda maman. Ne me dis pas que tu es entrée là-bas !

— C'est ce qu'on m'a dit, c'est tout.

— Raven ! tonna ma mère d'un ton désapprobateur.

Personne à Dullsville n'avait encore vu les nouveaux propriétaires du manoir. C'était génial d'avoir un mystère dans cette ville, pour changer. Tout le monde savait toujours tout ce qui se passait à Dullsville, et il ne s'y passait pas grand-chose d'intéressant.

Matt Wells habitait du bon côté de la ville, en bordure de la forêt d'Oakley. Becky et moi arrivâmes tard et fîmes une entrée digne de stars de cinéma à une première. Enfin, moi en tout cas. La pauvre Becky s'accrochait à mon bras comme si je la conduisais chez le dentiste.

— Tout se passera bien, la rassurai-je. C'est une fête !

Je savais pourquoi elle était nerveuse. Nous prenions le risque d'être ridiculisées alors que nous aurions pu rester tranquillement à la maison à regarder la télé, comme l'avait suggéré Trevor. Pourquoi les snobs auraient-ils le droit de s'amuser et pas nous ? Uniquement parce que la chambre de Matt était plus grande que mon salon, ou parce que nous ne portions pas des vêtements à la mode ? J'aurais peut-être dû rester chez moi le soir de mon anniversaire…

À notre arrivée, les snobs s'écartèrent comme la mer Rouge devant Moïse. Mes camarades de classe me regardèrent avec des yeux ronds, avisant mes vêtements gothiques habituels. Et dire que Tommy Hilfiger ratait ça… Dommage, car il aurait été flatté. Tout le monde portait ses créations comme un uniforme d'écolier. La musique d'Aerosmith résonnait dans le salon de Matt. Un épais nuage de fumée flottait au-dessus des canapés, et l'atmosphère était saturée d'une odeur de bière pareille à celle d'un encens bon marché. Les couples qui ne nous dévisageaient pas en fronçant les sourcils se regardaient amoureusement dans les yeux. Apparemment, essayer d'engager la conversation avec quiconque serait une perte de temps.

— Je n'arrive pas à croire que vous soyez venues, lança Matt en venant à notre rencontre dans l'entrée. Cela mériterait une photo, mais je ne suis pas sûr que vous impressionneriez la pellicule ! (Matt était un fanfaron, mais il n'était pas aussi cruel que Trevor.) La bière est là-bas ; vous voulez que je vous montre le chemin ?

Becky était très impressionnée par Matt. Elle secoua la tête et alla s'enfermer dans la salle de bains. Matt éclata de rire et se dirigea vers la cuisine. J'attendis dans le salon à côté d'une enceinte digne d'une salle de concert et jetai un coup d'œil aux CD. Michael Bolton, Céline Dion et quelques comédies musicales. Cela ne m'étonna pas.

Je retournai chercher Becky et trouvai la porte de la salle de bains ouverte. Comme elle n'était pas dans le couloir, je me faufilai entre mes camarades de classe bourrés et me rendis dans la cuisine. Un groupe de filles qui venaient de dépenser 100 dollars par tête chez le coiffeur me regardèrent de travers et s'éclipsèrent, me laissant toute seule. Du moins, je le crus.

— Salut, Petit Monstre. Tu es sexy ce soir, résonna une voix derrière moi.

C'était Trevor, bien sûr.

— Tu ressors la même phrase à chaque fête ?

Il eut un sourire de séducteur.

— Je n'ai encore jamais embrassé une fille avec les lèvres noires.

— Alors tu ne connais rien à la vie, répondis-je avant de passer devant lui pour me défiler.

Il m'attrapa par le bras et m'attira contre lui. Il fixa sur moi son regard vert et m'embrassa sur la bouche. Je dois avouer qu'il se débrouillait bien, et en plus il était très beau, ce qui ne gâchait rien.

Trevor Mitchell ne m'avait jamais touchée et encore moins embrassée. Enfin, sauf lorsqu'il m'avait mordu la main à la maternelle. Au mieux, j'avais eu droit à quelques tapes sur la tête en passant trop près de lui. Il devait être soûl. Ou alors c'était une plaisanterie. Oui, il devait se moquer de moi. Mais ses lèvres contre les miennes... On aurait dit qu'il avait apprécié autant que moi. Je ne sus trop quoi penser lorsqu'il m'entraîna par la porte de derrière. Nous passâmes devant un couple ivre affalé sur les marches, devant des poubelles et une fontaine, sous de grands arbres, dans les ténèbres.

— Tu as peur du noir, Petit Monstre ?

Les feuillages laissaient passer si peu de lumière que je distinguais à peine les rayures rouges de son sweat-shirt.

— Non, j'aime bien.

Il me plaqua contre un tronc et commença à m'embrasser pour de vrai. Ses mains se baladaient partout, sur moi, sur l'arbre...

— J'ai toujours voulu embrasser un vampire, dit-il en reprenant sa respiration.

— Et moi, j'ai toujours eu envie d'embrasser un homme de Néandertal.

Il rit et m'embrassa encore.

— Est-ce que ça veut dire qu'on sort ensemble ? demandai-je.

C'était mon tour de reprendre ma respiration.

— Quoi ?

— On ira en cours ensemble, on se donnera la main dans les couloirs, on déjeunera ensemble ? On regardera des films ensemble le week-end ?

— Ouais, si tu veux.

— On sort vraiment ensemble ?

— Ouais. (Il rit.) Tu me regarderas jouer au football, et moi, je te regarderai te transformer en chauve-souris. (Il me mordilla doucement le cou.) Je parie que tu aimes, pas vrai Petit Monstre ?

Mon cœur chavira. Bien sûr, je ne voulais pas vraiment devenir la petite amie de Trevor. Il n'était pas Mars, et moi, je n'étais pas Vénus. Nous n'appartenions pas au même univers ! D'ailleurs, je ne l'appréciais pas vraiment. Je savais pourquoi il m'avait entraînée dans cet endroit, je savais ce qu'il voulait faire et à qui il comptait le raconter. À la fin, ses copains lui donneraient 10 dollars parce qu'il aurait réussi à se faire la gothique de la classe. J'aurais voulu qu'il me démontre le contraire, mais…

Il était temps d'en avoir le cœur net.

— Tu veux que je te montre pourquoi je ne porte jamais de blanc ? Tu veux t'envoler avec moi ?

— Ouais ! s'exclama-t-il, un peu étonné mais enthousiaste. Je parie que tu voles comme Supergirl !

Je l'entraînai par-dessus une clôture de bois et nous nous enfonçâmes dans la forêt. J'y voyais manifestement plus clair que lui. Mes habitudes de noctambule avaient fait de moi un véritable animal nocturne. Je ne voyais pas aussi bien que les chats, évidemment, mais je me débrouillais. Je me sentais en sécurité sous la lune lumineuse et magnifique. Je levai les yeux et remarquai plusieurs chauves-souris qui voletaient entre les arbres. Je n'en avais jamais vu à Dullsville. Il est vrai que je ne me rendais pas à beaucoup de fêtes de ce genre.

—Je ne vois rien, se plaignit Trevor en retirant une brindille de ses cheveux.

Il avançait les bras tendus devant lui comme s'il craignait de heurter quelque chose. Certaines personnes faisaient des ivrognes violents, d'autres des ivrognes pleurnichards. Trevor était du genre soûl et terrifié. Et je le trouvai déjà un peu moins beau.

—Arrêtons-nous ici, dit-il.

—Non, allons un peu plus loin, répondis-je en suivant les chauves-souris qui s'enfonçaient dans les bois. C'est mon seizième anniversaire. Je veux que cette nuit soit inoubliable ! Et très intime.

—L'ambiance est assez intime pour moi, rétorqua-t-il en essayant de m'attraper pour m'embrasser.

—On y est presque.

Je le tirai par la main. On ne voyait plus les lumières de la maison et on ne pouvait pas faire cinq pas sans heurter un arbre.

— Voilà, ici, c'est parfait, annonçai-je enfin.

Il me serra fort, pas parce qu'il m'aimait, mais parce qu'il avait peur. C'était pathétique.

Une brise légère soufflait entre les arbres, charriant un parfum de feuilles d'automne. J'entendis les chauves-souris couiner très haut au-dessus de ma tête. La pleine lune illuminait leurs ailes. La scène aurait pu être vraiment romantique si j'avais eu un vrai petit ami avec moi.

Trevor était complètement aveugle dans l'obscurité ; il touchait tout avec les mains et les lèvres. Il m'embrassa sur tout le visage et me caressa la taille. Même sans les yeux, il ne mit pas bien longtemps à trouver les boutons de ma chemise.

— Non, toi d'abord, lui dis-je.

Je soulevai son sweat-shirt d'un geste aussi assuré que possible. Je n'avais encore jamais fait ce genre de chose. En dessous, il portait un tee-shirt avec un col en V et un débardeur. *Cela va prendre une éternité*, pensai-je.

Je touchai son torse nu. Et pourquoi pas ? Il était juste devant moi. Doux, lisse et musclé.

Il m'attira contre lui, et mon chemisier soyeux et brodé toucha son torse dénudé.

— À toi maintenant, chérie. J'ai trop envie de toi, dit-il comme si on était dans un porno passant sur le câble.

— Moi aussi, lâchai-je dans un soupir en levant les yeux au ciel.

Je le fis asseoir sur la terre humide, lui retirai ses mocassins et ses chaussettes. Il se chargea tout seul du reste.

Il était allongé par terre, appuyé sur les coudes, complètement nu. Je le contemplai à la faible lumière de la lune, savourant ce moment. Combien de filles M. Beau-Gosse avait-il allongées sous un arbre avant de les jeter le lendemain ? Je n'étais pas la première et je ne serais pas la dernière. Toutefois, je me révélerais un peu différente des autres.

— Dépêche-toi, viens, me pressa-t-il. J'ai froid !

— Juste une minute. Je ne veux pas que tu me voies me déshabiller.

— Mais je ne vois rien du tout ! Même pas mes propres mains !

— Attends un peu.

J'avais les vêtements de Trevor Mitchell dans les mains. Son sweat-shirt, son tee-shirt, son maillot de corps, son treillis, ses chaussettes, ses mocassins et son caleçon. Autant dire toute sa puissance. Son masque. Sa vie. Qu'allais-je faire de tout cela ?

Eh bien, je pris mes jambes à mon cou. Jamais je n'avais couru si vite. On aurait dit que je m'étais entraînée tous les jours en cours de sport. Si M. Harris avait pu me voir, il m'aurait sûrement sélectionnée dans son équipe d'athlétisme.

Les chauves-souris s'éparpillèrent aussi, comme si elles suivaient mon exemple. J'atteignis rapidement la maison, les habits de Trevor coincés sous le bras. Les snobs qui buvaient sur la terrasse de derrière étaient trop occupés à parler de leur vie creuse pour me voir vider à moitié un sac-poubelle empli de canettes de bière et y fourrer les vêtements.

J'emportai le sac à l'intérieur et saisis une Becky surprise par le bras. Elle était en train de servir des bouteilles de bière à des joueurs de poker.

— Où étais-tu passée? cria-t-elle. Je t'ai cherchée partout! Je n'ai pas arrêté de servir ces tordus! Bière, chips, bière, chips. Et maintenant ils veulent des cigares! Tu sais, toi, où je peux trouver des cigares?

— Oublie les cigares! Faut se tirer vite fait!

— Eh! ma poule, ils viennent, ces bretzels? demanda un macho ivre.

— Le bar est fermé! lui rétorquai-je. On ne t'a jamais appris à laisser un pourboire à la serveuse? (J'attrapai ses gains et les fourrai dans le sac de Becky.) Allez, on y va! lançai-je en l'entraînant avec moi.

— Il y a quoi dans ce sac? voulut savoir Becky.

— Des ordures, quoi d'autre?

Je la poussai par la porte d'entrée. Ce qu'il y a de bien quand on n'a pas d'amis, c'est qu'on ne doit dire au revoir à personne.

— Que s'est-il passé ? ne cessait-elle de demander tandis que je la tirais par la main et que nous traversions la cour. (Son pick-up vieux de dix ans nous attendait à l'autre bout de la rue comme une base arrière.) Où étais-tu, Raven ? Tu as des feuilles dans les cheveux.

J'attendis d'avoir parcouru la moitié du chemin qui nous séparait de la maison pour me tourner vers elle et m'écrier avec un grand sourire :

— J'ai baisé Trevor Mitchell !

— Tu as fait quoi ? cria-t-elle en retour, ce qui lui fit presque perdre le contrôle de la voiture. Et avec qui ?

— J'ai baisé Trevor Mitchell.

— Non ! C'est pas possible ! Tu n'aurais pas fait ça !

— Mais non, je parle au figuré. Je l'ai baisé jusqu'à l'os, et j'ai ses vêtements pour le prouver !

Je les sortis un par un du sac-poubelle. Nous rîmes et hurlâmes de joie comme Becky prenait un virage près de Benson Hill.

Trevor finirait par trouver le chemin de la maison, mais il n'aurait pas ses beaux habits pour se cacher. Il serait nu, frigorifié, seul. Sa véritable personnalité serait exposée au grand jour.

Je me rappellerais mon seizième anniversaire toute ma vie. Et Trevor Mitchell aussi.

Tandis que nous roulions sur la route de campagne déserte qui contournait Benson Hill, les phares éclairaient les arbres effrayants. Des papillons de nuit venaient frapper le pare-brise comme pour nous mettre en garde et nous pousser à rebrousser chemin.

— Le manoir est plongé dans le noir, remarquai-je. On s'arrête pour regarder un peu ?

— Ta fête d'anniversaire est terminée, répondit Becky d'une voix lasse en appuyant sur l'accélérateur. On ira l'année prochaine.

Soudain, les faisceaux des phares se posèrent sur une silhouette qui se tenait au milieu de la chaussée.

— Attention ! hurlai-je.

Un type à la peau blanche comme la lune et aux longs cheveux noirs, vêtu d'un manteau noir, d'un jean noir et de Doc Martens noires leva rapidement le bras pour protéger ses yeux de la lumière et non pour se préparer à être percuté par le pick-up.

Becky freina de toutes ses forces. Nous entendîmes un bruit mat.

— Tu n'as rien ? cria-t-elle.

— Non. Et toi ?

— Je l'ai percuté ? paniqua-t-elle.

— Je ne sais pas.

— Je n'ose pas regarder ! Je ne peux pas !

Elle se plaqua le visage contre le volant et fondit en larmes. Je descendis du véhicule, pris mon courage à deux mains et regardai autour du capot, effrayée par ce que je risquais de découvrir sur la chaussée.

Il n'y avait rien.

Je vérifiai sous le pick-up, cherchai des traces d'impact. Finalement, en y regardant de plus près, je remarquai des traces de sang sur la calandre.

— Vous êtes blessé ? demandai-je.

Il n'y eut pas de réponse.

Je pris une lampe torche dans la boîte à gants.

— Qu'est-ce que tu fais ? s'inquiéta Becky.

— Je cherche.

— Tu cherches quoi ?

— Il y a du sang sur…

— Du sang ? J'ai tué quelqu'un !

— Calme-toi. C'était peut-être une biche.

— Tu as déjà vu une biche avec un jean noir ? J'appelle les secours !

— Et le corps, tu y as pensé ? la raisonnai-je. Tu ne roulais pas assez vite pour le catapulter dans la forêt.

— Peut-être qu'il est sous la voiture !

— J'ai vérifié. À mon avis, tu l'as touché légèrement et il est parti, mais je veux en être sûre.

Becky m'attrapa par le bras, enfonça ses ongles dans ma chair.

— N'y va pas, Raven ! Partons d'ici ! J'appelle les secours !

— Verrouille les portières si tu veux, repris-je en me libérant de son étreinte, mais laisse le moteur tourner et les phares allumés.

— Raven, dis-moi…, commença Becky, le souffle court, en fixant sur moi son regard terrifié. Quel type normal se promènerait au beau milieu de la nuit sur une route non éclairée ? Est-ce que tu crois que c'était un… ?

Mes poils se dressèrent agréablement sur mes avant-bras.

— Becky, ne me donne pas de faux espoirs !

Je fouillai les buissons qui descendaient jusqu'au ruisseau, puis commençai à examiner le flanc de la colline sur laquelle était juché le manoir.

Je laissai échapper un cri.

— Qu'est-ce qu'il y a ? demanda Becky en abaissant sa vitre.

Du sang ! Des flaques épaisses dans l'herbe ! Mais pas de corps ! Je suivis les taches, craignant que son corps n'ait été réduit en morceaux et éparpillé partout. Alors je butai contre quelque chose de dur. Je baissai les yeux, m'attendant presque à découvrir une tête. La peur au ventre, je braquai le faisceau de ma lampe vers le bas. C'était un pot de peinture abîmé.

— Il est mort ? demanda Becky comme je la rejoignais.

— Non, mais je crois bien que tu as tué sa boîte de conserve, répondis-je en agitant le seau. Quelle idée de peindre au milieu de la nuit ! Et où allait-il comme ça ?

— C'était juste de la peinture ? (Soulagée, Becky rangea son téléphone portable et appuya sur l'accélérateur.) Allons-nous-en !

— Que faisait donc ce débile au milieu de la rue en pleine nuit ? me demandai-je à voix haute. Il allait peut-être peindre des graffitis ou un truc de ce genre.

— D'où venait-il ? Où a-t-il pu disparaître si vite ? marmonna-t-elle lorsque je l'eus rejointe.

Tandis que je regardais la silhouette noire du manoir dans le rétroviseur, je vis une lumière s'allumer derrière une lucarne.

• 6 •

EXPOSÉ

Trevor nu… Son histoire se propagea comme une traînée de poudre dans tout le lycée de Dullsville. Certains racontèrent qu'il était revenu en titubant dans la maison de Matt vêtu d'un sac-poubelle transformé en caleçon ; d'autres qu'on l'avait retrouvé inconscient sur la pelouse du jardin. Personne ne savait que j'avais joué un rôle dans cette affaire. Apparemment, il avait raconté à ses copains qu'il lui était arrivé une mésaventure avec une pom-pom girl. En tout cas, tout le monde avait bien ri.

Trevor me laissa tranquille. Il refusa même de croiser mon regard. La gothique de la classe avait enfin eu le dessus sur le sportif chic. Mais comme je ne voulais pas qu'il m'accuse de vol, je devais lui rendre ses vêtements.

D'abord une chaussure. La gauche, il me semble. Je la suspendis à la porte de mon casier. Au début, personne ne sembla remarquer le mocassin. Puis certains le virent, le regardèrent de plus près et s'en furent. Le lendemain, il n'était plus là. Il était temps que ce bon vieux Trevor ne soit plus le seul à remarquer mes petits messages.

J'accrochai le mocassin droit de la même manière, mais, juste à côté, je collai également une pancarte qui disait: «TU AS PERDU QUELQUE CHOSE, TREVOR?»

Cette fois-ci, j'entendis des gloussements lorsque les élèves passèrent devant. Ils n'avaient pas encore remarqué que ce casier m'appartenait, mais cela ne serait plus très long.

Chaque jour, ils verraient une chaussette, un tee-shirt. Bientôt, des snobinardes qui ne m'avaient jamais adressé la parole croisèrent mon regard et me sourirent en cours d'algèbre. Toutes avaient été embarquées derrière un arbre, s'étaient vu promettre monts et merveilles. Mais elles ne pouvaient pas le prouver. Eh bien, moi, je le pouvais.

Lorsque vint le tour de son treillis taché d'herbe et de terre, tout le monde savait déjà à qui appartenait le casier. À présent, on me souriait dans le hall. Les garçons n'allèrent pas jusqu'à me demander de sortir avec eux, mais je devins très vite populaire, quoique d'une manière discrète.

Sauf auprès de Trevor. Mais je me sentais en sécurité ; à présent que tout le monde savait que ce casier était le mien, il serait immédiatement suspecté s'il m'arrivait quelque chose.

Il essaya néanmoins de me menacer.

— Je vais te botter le cul, espèce de monstre ! cracha-t-il un jour en m'agrippant la mâchoire tandis que Becky et moi rentrions à la maison.

— Les rangers font plus de dégâts que les mocassins, Néandertal, rétorquai-je, le visage écrasé entre ses mains.

— Laisse-la tranquille, lança Matt en tirant sur sa manche.

Je voyais que ma réplique avait plu à Matt. Je pense que l'attitude de Trevor lui tapait parfois sur le système. Après tout, il était en quelque sorte condamné à être son meilleur ami.

— Tu ne seras jamais autre chose qu'un monstre de foire ! cria Trevor.

Heureusement, Matt l'entraîna loin de moi. Je ne me sentais pas d'humeur à me battre après une longue journée d'école.

— Tu ne perds rien pour attendre ! hurla-t-il en se tournant vers moi.

— Ouais, eh bien, parles-en plutôt à mon avocat ! répondis-je, espérant secrètement ne pas avoir plutôt besoin d'un chirurgien esthétique.

L'heure du grand final. Beaucoup d'élèves s'étaient rassemblés autour de mon casier. Je vis même un élève de seconde prendre des photos.

C'était le clou du spectacle, ce que tout le monde attendait : le caleçon blanc Calvin Klein de Trevor collé sur mon casier. En dessous était suspendu un écriteau sur lequel on pouvait lire : « LE BLANC EST RÉSERVÉ AUX PUCEAUX, PAS VRAI, TREVOR ? »

Il devait rester là pendant un bout de temps. Tout le monde le vit. Et je dis bien tout le monde !

— Raven, tu as détérioré la propriété de l'établissement, me gronda le principal Smith un peu plus tard ce jour-là.

J'étais si souvent allée dans son bureau qu'il était presque un vieil ami pour moi.

— Ces casiers sont là depuis une éternité, Frank, rétorquai-je. C'est le moment de demander au conseil d'administration d'en acheter des neufs.

— Tu ne comprends pas, Raven, c'est très grave. Tu as détérioré un casier et sali l'honneur d'un élève.

— L'honneur ? Quel honneur ? Demandez à vos meilleures pom-pom girls, à la moitié de l'équipe, même, combien de fois il a sali leur honneur !

De frustration, le principal Smith tapotait son crayon sur son bureau.

— Raven, il faut vraiment que nous t'impliquions dans un projet, que tu intègres un club quelconque où tu pourras te faire des amis.

— Il y a peut-être de la place dans le club d'échecs ? ou le club de maths ?

— Il existe d'autres activités.

— À moins que vous ne me trouviez une place chez les pom-pom girls. Je veux bien, mais seulement si je peux porter une jupe plissée noire.

— Pourquoi pas ? Je suis sûr que tu te débrouillerais bien si tu passais une audition.

— C'est vrai que les meilleurs élèves, dont fait partie Trevor, ont le plus grand respect pour les pom-pom girls...

— Raven, le lycée est une étape difficile pour la plupart des élèves. On n'y peut rien. Même ceux qui paraissent les plus à l'aise connaissent des difficultés. Tu as tellement d'atouts. Tu as de l'imagination, tu es intelligente. Tu trouveras. Essaie seulement de ne pas endommager d'autres casiers pendant que tu chercheras la solution à tes problèmes.

— Bien sûr, Frank, dis-je en attrapant un ticket d'absence. À très bientôt.

— J'espère que non, Raven.

— Je tâcherai de ne pas vous causer trop d'ennuis, ajoutai-je en refermant la porte.

Le lendemain, je remarquai quelque chose sur mon casier, quelque chose dont je n'étais pas responsable. «RAVEN EST UN MONSTRE!» était-il écrit à la peinture noire.

Je souris. Bien, Trevor. Très intelligent. Je sentis une onde de chaleur m'envahir. Il ne m'avait encore jamais fait de compliment.

• 7 •

Happy Halloween

Halloween. Mon jour de l'année préféré. Le seul où je me fonds dans la masse, où tout le monde m'accepte comme je suis et où on me récompense même pour ça. Enfin, les voisins qui ne me trouvent pas trop vieille pour manger des bonbons me récompensent. À moins qu'ils n'aient seulement peur de moi…

Cette année-là, toutefois, j'avais vraiment envie de me déguiser. Je me rendis donc dans des boutiques que je ne fréquentais normalement jamais et empruntai des affaires à maman. Je me fis une queue-de-cheval et me mis des barrettes roses. J'enfilai un pull en cachemire blanc tout doux et une jupette de tennis rose. Grâce au fond de teint et au blush de ma mère, je me donnai l'air plus sain, et je me maquillai même les lèvres en prune clair. Pour compléter le tableau, j'empruntai la raquette de tennis de papa. Après quoi je fis le tour de la maison en prononçant des phrases du genre :

— Maman chérie, je vais à mon cours de tennis. Je rentre vite !

Nerd Boy ne me reconnut pas quand je passai devant lui dans la cuisine. Lorsqu'il comprit enfin que c'était bien moi et non pas la fille des voisins venue demander un peu de sucre, sa mâchoire se décrocha.

— Je ne m'étais pas aperçu que tu étais si… jolie, dit-il, déguisé en joueur de baseball.

J'eus envie de vomir mon petit déjeuner.

Mes parents voulurent me prendre en photo. Quelle idée ! Ils se comportaient comme si je me rendais au bal de fin d'année. Je les laissai en prendre une seule. Papa pourrait enfin accrocher une photo de moi au bureau.

Plus tard, ce jour-là, Becky et moi mangions à la cafétéria. Tout le monde me regardait comme si j'étais nouvelle. Personne ne me reconnaissait, donc. Au début, cela m'amusa, mais pas très longtemps. On me regardait de travers quand j'étais habillée en noir. On me regardait de travers quand j'étais habillée en blanc. J'étais perdante à tous les coups ! Alors Trevor fit son apparition déguisé en Dracula. Il avait les cheveux noirs et gominés, une cape noire, des dents en plastique et les lèvres rouge vif.

Accompagné de Matt, il scruta la cafétéria pour me trouver. Il voulait voir l'effet qu'il me ferait costumé ainsi. Matt finit par me repérer et me désigner du doigt. Trevor n'en crut pas ses yeux. Il m'examina longuement, me détaillant de la tête aux pieds. Jamais il ne m'avait regardée comme cela. Il contempla mon petit pull chic et mes joues roses et sembla sur le point de craquer définitivement.

Je crus qu'il allait approcher pour me dire quelque chose de débile, au lieu de quoi il s'assit à l'autre bout de la cafétéria en me tournant le dos. Il partit même avant moi. J'étais enfin débarrassée de lui ! En réalité, je me trompais. J'aurais dû me douter que notre trêve ne durerait pas.

Mon petit panier en forme de citrouille était presque rempli de Smarties, Snickers, bonbons acidulés ou au beurre de cacahouètes, Malabar et autres friandises. Et surtout de bagues en forme d'araignées et de tatouages provisoires. Becky et moi avions sillonné toute la ville et nous nous demandions ce qui nous attendait derrière la porte du manoir mystérieux. Nous avions gardé la meilleure maison pour la fin. Comme tout le monde, d'ailleurs.

On faisait la queue devant la porte d'entrée. On se serait crus à Disneyland. Des goules, des punks, des mendiants, Mickey Mouse, Fred Pierrafeu et Homer Simpson attendaient leur tour avec impatience. De même que quelques parents bien coiffés et avides de jeter un coup d'œil à l'intérieur de la demeure. Le cirque était en ville et tout le monde était venu voir les monstres.

— Il fait vraiment peur, dit un monstre de Frankenstein de douze ans à un loup-garou nain en nous croisant.

Nerd Boy nous repéra lorsqu'il redescendit l'allée sinueuse.

— Ça vaut le coup d'attendre, Raven. Tu vas adorer ! C'est ma sœur ! ajouta-t-il fièrement à l'intention d'un copain geek habillé en Batman, qui me regardait, déjà tout énamouré.

— Tu as vu des têtes réduites ? des monstres avec des dents longues comme ça ? demandai-je.

— Non.

— Peut-être qu'on perd notre temps, alors.

— Le vieux est vraiment bizarre. Il fait peur et il ne porte même pas de déguisement !

Je voyais que Nerd Boy s'accrochait à moi parce que c'était la première fois qu'il pouvait m'exhiber devant ses copains. Mais il était évident aussi qu'il craignait que je ne le ratatine verbalement devant tout le monde.

— Merci pour le tuyau.

— Merci ? Euh… ouais… bien sûr, grande sœur.

— On se retrouve à la maison. Si tu veux, on s'échangera des barres chocolatées.

Nerd Boy hocha la tête avec enthousiasme. Il sourit et s'en fut d'un pas léger comme s'il venait de retrouver sa sœur après des années de séparation.

Becky et moi attendîmes notre tour avec impatience. Nous étions les dernières de la file. Juste devant nous, un Charlie Brown et une sorcière prirent leur butin et tournèrent les talons. Soudain, la porte se referma. Je fixai mon regard sur le heurtoir en forme de S et me demandai s'il s'agissait de l'initiale du nouveau propriétaire. Je l'examinai de plus près : un serpent avec des yeux émeraude. Je cognai doucement en espérant que le type au look gothique viendrait m'ouvrir. Je voulais lui demander si c'était lui, l'autre soir, sur la route et, le cas échéant, ce qu'il fichait dans le noir. La plupart des gens faisaient de l'exercice dans une salle de gym, pas au milieu de la nuit sur une route déserte et flippante. Mais non, personne ne répondit.

— Allons-y, dit Becky d'une voix nerveuse.

— Non, ça fait une éternité qu'on attend ! Je ne partirai pas tant que je n'aurai pas mes bonbons. Il nous doit bien ça !

— Je suis fatiguée. On a passé la soirée dehors. C'est sans doute un vieux monsieur bizarre qui est parti se coucher. D'ailleurs, je voudrais bien me coucher aussi.

— Je ne peux pas partir maintenant.

— Je rentre chez moi, Raven.

— Je n'arrive pas à croire que tu te dégonfles. Allez, je croyais que tu étais ma meilleure amie !

— Je le suis, mais il est tard.

— D'accord, d'accord. Je t'appellerai demain pour te dire comment était l'Affreux.

Il y avait encore pas mal de monde dans la rue, alors ça ne m'inquiétait pas de laisser Becky rentrer toute seule. Elle n'aurait pas de problèmes. Mais moi ?

Je scrutai le heurtoir en forme de serpent et me demandai ce qu'il y avait de l'autre côté de cette énorme porte en bois. Et si le nouveau propriétaire m'attrapait et me retenait prisonnière dans son manoir hanté ? *Arrête de rêver ma fille !*

Je frappai de nouveau et attendis. Et attendis.

Je frappai encore. Je cognai le heurtoir, cognai et cognai toujours. J'en avais presque mal à la main. Je tournai les talons et décidai de faire le tour de la maison. Soudain, j'entendis les verrous tourner et la lourde porte grincer. Je fis demi-tour et retournai au pas de course devant l'entrée. Il était bien là : l'Affreux.

Il était grand et maigre, et son visage et ses mains étaient aussi blancs que la neige, contrastant avec son uniforme foncé de majordome. Il n'avait pas de cheveux et semblait d'ailleurs ne jamais en avoir eu. Ses yeux verts étaient globuleux et monstrueux. On aurait dit qu'il vivait depuis plusieurs siècles. Je l'adorai aussitôt.

— Nous n'avons plus de friandises, mademoiselle, commença-t-il avec un accent étranger à couper au couteau et en me regardant de haut.

—Ah bon ? Il doit bien vous rester quelque chose. Des gâteaux au beurre de cacahouètes ? Une tartine ?

Il ouvrit très légèrement la porte. Impossible de voir l'intérieur. À quoi pouvait bien ressembler la demeure ? À quel point avait-elle changé depuis ma discrète visite, quatre ans plus tôt ? Qu'entendait-il par « nous », et ces autres étaient-ils aussi affreux que lui ? Nous pourrions tous être amis. Je sentais la présence de quelqu'un qui écoutait, espionnait. J'essayai de me glisser à l'intérieur.

—Qui d'autre habite ici ? demandai-je directement. Vous avez un fils ?

—Je n'ai pas d'enfants, mademoiselle. Je suis navré, mais il ne nous reste plus rien. Pas une miette.

Il voulut refermer la porte.

—Attendez ! m'écriai-je en la bloquant avec ma chaussure. (Je fouillai dans mon panier en forme de citrouille et produisis un Snickers et une bague araignée.) J'aimerais vous souhaiter la bienvenue dans le quartier. C'est ma barre chocolatée préférée et mon cadeau d'Halloween favori. J'espère que vous aimez aussi.

Il ne sourit presque pas. Lorsque je mis les cadeaux entre ses doigts arachnéens et blancs, il eut un sourire crispé, ses lèvres craquelées découvrant ses dents fines. Même ses yeux globuleux parurent scintiller.

—À plus tard ! lançai-je en redescendant les marches d'un pas vif.

J'avais rencontré l'Affreux ! En ville, tout le monde pouvait se vanter de lui avoir extorqué des bonbons, mais qui d'autre lui avait offert un cadeau ?

Je m'arrêtai sur la pelouse, tournai sur moi-même et admirai une dernière fois la grande propriété. Une silhouette aux contours flous regardait par la lucarne du grenier. S'agissait-il du gothique de l'autre soir ? Je regardai vite dans sa direction, mais il n'y avait plus personne, juste des rideaux noirs.

J'avais à peine passé le portail en fer forgé qu'un vampire ou une goule monta sur le trottoir avec sa Camaro rouge.

— Je vous emmène quelque part, belle enfant ? demanda Trevor.

Matt le Fermier était confortablement installé derrière le volant.

— Ma maman m'a dit de ne pas parler aux étrangers, répondis-je en croquant difficilement dans un bonbon au beurre de cacahouètes.

Je n'étais pas vraiment d'humeur à me disputer avec Trevor.

— Je ne suis pas un étranger, chérie. Dis-moi, tu n'es pas un peu trop vieille pour te balader dans les rues un soir d'Halloween ?

— Et toi, tu ne crois pas que tu as passé l'âge d'accrocher des rouleaux de papier-toilette dans toute la ville ?

Trevor sortit de la voiture et vint à ma rencontre. Il était particulièrement sexy ce soir-là. Évidemment, je trouve tous les vampires sexy, même ceux de pacotille.

— Tu es déguisée en quoi ? me demanda-t-il.

— En monstre, voyons, ça ne se voit pas ?

Il essayait d'être cool mais me tapait sur les nerfs. J'étais la seule fille à avoir osé lui dire « non ». La seule fille de la ville qu'il n'aurait jamais. J'avais toujours été un mystère pour lui à cause de ma façon de m'habiller, de me comporter. Et tout à coup, il me voyait vêtue comme la fille de ses rêves.

— Alors comme ça tu visites Amityville toute seule ? reprit-il en regardant le manoir. Tu es une mauvaise fille, pas vrai ?

Il me détailla, ce qui me fit frissonner. Il était vraiment très séduisant avec sa cape de Dracula.

Je ne dis rien.

— Je parie que tu n'as jamais embrassé de vampire, continua-t-il, et ses dents en plastique brillèrent dans le clair de lune.

— Quand tu en verras un, tu m'appelleras, rétorquai-je avant de me remettre en route.

Il m'attrapa par le bras.

— Laisse-moi tranquille, Trevor !

Il me tira vers lui.

— Moi, je n'ai jamais embrassé de tenniswoman, plaisanta-t-il.

Je ris, car je trouvai sa réplique terriblement mièvre. Il m'embrassa sur la bouche comme s'il n'avait pas de dents en plastique. Et je le laissai faire. Peut-être avais-je encore le vertige d'avoir tournoyé sur la pelouse.

Il reprit enfin sa respiration.

— Eh bien, maintenant c'est fait, lui dis-je en m'écartant. Je crois que Matt le Fermier t'attend !

— Je n'ai pas eu de friandises ! se plaignit-il en désignant mon panier et en attrapant un Snickers.

— Eh ! c'est mon préféré ! Prends plutôt du gâteau au beurre de cacahouètes.

Il croqua le Snickers avec ses dents de vampire, qui se décrochèrent et tombèrent par terre, toutes dégoulinantes de chocolat et de caramel. Je me baissai aussitôt pour les ramasser, mais il m'agrippa le bras et renversa le contenu de mon panier.

— Regarde ce que tu as fait ! criai-je.

Il attrapa des poignées de bonbons et les fourra dans les poches de son jean. Ce qui restait était éparpillé sur la pelouse, et je ne parvins à sauver que quelques Smarties inintéressants et autres Mars écrasés.

— Alors, tu veux toujours être un numéro ? demanda-t-il en m'attirant à lui, les poches pleines du fruit de mon labeur. Tu as toujours envie d'être ma petite amie ?

Soudain, il me lâcha et se dirigea vers le manoir.

— Je vais chercher de vraies friandises, maintenant.

Je lui attrapai le bras. Qui sait ce qu'il ferait s'il atteignait cette porte ?

— Je te manque déjà ? lança-t-il, surpris que je sois toujours là.

— Ils n'ont plus rien.

— Tu permets que je vérifie par moi-même ?

— Ils ont éteint toutes les lumières. Ils sont partis se coucher.

— Ouais, eh bien, je vais les réveiller. (Il sortit une bombe de peinture de sous sa cape.) Ils ont besoin d'un spécialiste en décoration !

Il se dirigea vers le manoir. Je le rattrapai en courant.

— Non, Trevor. Ne fais pas ça !

Il me repoussa et continua. Il s'apprêtait à vandaliser la seule bâtisse réellement belle de cette ville.

— Non ! criai-je.

Il enleva le bouchon et secoua la bombe aérosol.

Je tentai de le retenir, mais il me jeta à terre.

— Voyons voir... « Bienvenue dans le quartier », peut-être !

— Arrête Trevor, s'il te plaît !

— Ou alors : « Les vampires adorent la compagnie ! » Je signerai de ton nom, bien sûr.

Non seulement il allait défigurer une splendide propriété, mais en plus il allait me mettre son forfait sur le dos. Il secoua sa bombe une dernière fois. Et commença à peindre le manoir.

Je me relevai tant bien que mal et soulevai ma raquette de tennis. Je jouais beaucoup avec mon père, mais là, c'était le match de ma vie. Je rivai mon regard sur le cylindre en aluminium comme si c'était une balle et frappai de toutes mes forces. La bombe s'envola au loin, et, comme lorsque je jouais au tennis, la raquette aussi. Trevor hurla si fort que le monde entier aurait pu l'entendre. Apparemment, je n'avais pas touché que le cylindre de peinture.

Soudain, la lumière de l'entrée s'alluma et j'entendis les verrous tourner.

— Il faut partir tout de suite ! hurlai-je dans l'oreille de Trevor, qui se tenait la main, agenouillé par terre.

J'étais prête à prendre mes jambes à mon cou lorsque je sentis quelque chose d'inédit pour moi : une présence. Je pivotai sur mes talons et eus le souffle coupé par une peur intense. Je restai là, immobile, bouche bée.

Il était là. Non pas l'Affreux. Non pas M. ou Mme le chef de la famille nouvellement installée dans le manoir. Mais le gothique, mon gothique, mon prince. Il se tenait là tel un chevalier de la nuit !

Ses longs cheveux noirs tombaient lourdement sur ses épaules. Il avait le regard foncé, profond, solitaire, tellement intelligent et rêveur. Une porte sur son âme noire. Lui aussi était immobile. Il me respirait littéralement. Son visage était aussi pâle que le mien. Son tee-shirt noir ajusté était enfoncé dans son jean noir, qui était lui-même enfoncé dans des bottes punk rock monstrueuses et outrageusement chic !

Normalement, je ne connais la peur que lorsque maman organise une soirée de maquillage Mary Kay et qu'elle me demande de lui servir de modèle. Mais nous nous trouvions sur une propriété privée et mon désir de rencontrer cette étrange créature était moins fort que ma terreur d'être prise sur le fait.

J'avais bien fait de mettre des tennis, ce soir-là. J'entendais Trevor crier dans mon dos comme il essayait de me suivre.

— Sale monstre ! Tu m'as cassé la main !

Je dépassai le portail grand ouvert et montai à bord de la Camaro.

— Ramène-moi chez moi ! Vite !

Matt fut pour le moins surpris de me voir à côté de lui. Il me dévisagea sans rien dire, incrédule.

— J'ai dit : ramène-moi chez moi ! Ou je raconterai à la police que tu étais dans le coup aussi !

— La police ? bredouilla-t-il. Dans quel plan pourri Trevor nous a-t-il encore fourrés ?

Un comte Trevor furieux arrivait en courant, sa cape ondulant dans le vent. Il avait presque atteint le portail. Le gothique n'avait pas bougé et continuait à me regarder.

— Allez, roule ! Fais avancer cette satanée bagnole ! criai-je à pleins poumons.

Le moteur démarra et nous fonçâmes jusqu'à ce que le manoir et ses occupants bizarres aient disparu des rétroviseurs. Je me retournai pour voir un Dracula Trevor hurlant et courant derrière nous.

— Joyeux Halloween, dis-je à Matt en laissant échapper un soupir de soulagement.

8

Tu cherches les ennuis ?

Je me dirigeais vers le cours d'histoire lorsque j'aperçus Trevor. Un détail inhabituel attira mon regard : il portait un gant de golf à la main droite.

— Tu lances une nouvelle mode ? le taquinai-je en le rattrapant. Heureusement, tu n'as pas besoin de ta main pour jouer au football ! (Il fit comme s'il ne m'avait pas entendue et poursuivit sa route.) En revanche, tu vas sûrement manquer les prochaines réunions de ton club de graffitis, le doigt qui appuie sur la gâchette n'est plus fonctionnel…

Il s'arrêta, me regarda froidement, mais préféra ne rien dire et se remit en marche.

Aïe ! je n'avais pas seulement blessé sa main.

— Je vois que tu es rentré chez toi sans problème, continuai-je en le poursuivant. Matt s'est bien occupé de moi, tu sais. C'est un vrai gentleman !

Je compris enfin. J'avais privé Trevor de sa fierté, de ses petites amies et, maintenant, je poussais son meilleur ami à le trahir, à s'allier avec l'ennemi. J'étais désolée pour lui… Enfin presque.

Trevor s'arrêta de nouveau et me toisa comme s'il était sur le point d'exploser. Soudain, je fus distraite par une silhouette étrange en pleine conversation avec la secrétaire dans le bureau du principal. C'était l'Affreux ! Tout pâle dans le faisceau des néons, le pardessus gris recouvrant son corps maigrelet tel un linceul. Au bout de sa main blanche et osseuse, la raquette de tennis de mon père…

Je poussai Trevor contre un mur d'où on pouvait espionner la conversation sans se faire voir.

— Mais qu'est-ce que tu fais ? protesta-t-il en essayant de se dégager.

— Chut ! C'est le majordome du manoir ! chuchotai-je en montrant le bureau.

— Et alors ?

— Il nous cherche !

— Il ne peut pas nous avoir vus, il faisait noir, eh ! banane !

— Je suis sûre qu'il nous a vus ! Il a sans doute trouvé ta bombe dans l'herbe, et puis, tu as eu le temps de commencer tes travaux de décoration ! Sans compter qu'il est venu avec la raquette de tennis de mon père…

— Merde, sale monstre ! Si tu ne m'avais pas frappé, on n'en serait pas là.

— Si tu n'étais pas né, on n'en serait pas là non plus, abruti. Chut, maintenant !

— Monsieur, je vous propose de nous laisser la raquette. Nous passerons une annonce, entendis-je Mme Gerber lui expliquer. Comment avez-vous dit que cette jeune fille était habillée ?

— En joueuse de tennis, madame.

— Pour Halloween ?

La secrétaire rit et voulut prendre la raquette. L'Affreux eut un mouvement de recul.

— Je préfère la garder pour l'instant. Sa propriétaire, si vous la retrouvez, saura où venir la récupérer. Bonne journée, ajouta-t-il en s'inclinant devant une Mme Gerber sous le charme.

Prise de panique, j'entraînai Trevor derrière une statue de Teddy Roosevelt.

— C'est un piège, dis-je en serrant sa main gantée. Si je montre le bout de mon nez, la police sera là pour me cueillir avec des menottes !

Les élèves ne lâchèrent pas des yeux l'Affreux lorsqu'il se dirigea d'une démarche singulière vers la porte de sortie en jetant un regard circulaire sur le hall. C'était nous qu'il cherchait.

— Il repart avec la preuve, et la preuve coûte plus de 200 dollars, murmurai-je à Trevor.

— Ouais, la preuve… contre toi !

— Moi ? Il y a tes empreintes digitales dessus. Et puis, ce type t'a vu aussi.

— Il m'a vu courir, c'est tout. Je pouvais même être à ta poursuite. Comme ils n'avaient pas de bonbons à te donner, tu as pété les plombs et tu t'es mise à taguer sa maison. Alors tu as entendu un bruit, tu as vu la lumière s'allumer et tu as tout lâché pour filer, raconta Trevor comme s'il était Sherlock Holmes résolvant « le mystère de la raquette de tennis disparue ».

— Tu ne vas pas tout me mettre sur le dos ! Je n'arrive pas à y croire !

— Ne t'en fais pas, tu ne finiras pas en prison pour cela, chérie. Le majordome fou va juste t'administrer une énorme fessée.

Je m'étais déjà attiré des ennuis en faisant des trucs stupides, mais je refusais de payer pour quelque chose que je n'avais pas fait.

Trevor s'en fut vers la salle de classe. Je le rattrapai aussitôt.

— Si je me fais prendre, tu plongeras avec moi !

— Et ils croiront qui, à ton avis ? Un des meilleurs élèves de l'établissement, qui est aussi une star de l'équipe de football ? ou bien une minette gothique qui a deux de tension, une seule amie, et qui passe plus de temps dans le bureau du principal qu'en cours ?

— Tu me dois une raquette de tennis ! criai-je avec désespoir tandis que Trevor s'éloignait en flânant.

Force m'était d'avouer que Trevor s'était bien vengé de l'« épisode du bois ». Par sa faute, j'avais perdu la super raquette de papa. Pire encore, à cause de lui, les seuls habitants de cette ville qui auraient pu me comprendre et devenir mes amis me considéraient désormais comme une ennemie. Ils auraient pu être ma fenêtre sur l'extérieur, mon lien avec l'humanité. À présent, le manoir m'était encore plus inaccessible que lorsque ses fenêtres étaient condamnées par des planches.

• 9 •

Vivre l'enfer

— Tu as quoi ? hurla papa pendant le dîner quand je lui eus avoué que j'avais perdu sa raquette.

— Enfin, ce n'est pas qu'elle est perdue. Disons que je ne l'ai plus.

— Si tu sais où elle se trouve, récupère-la.

— Ce n'est pas possible pour l'instant.

— Mais j'ai un match demain, moi !

— Je sais, papa, mais tu as d'autres raquettes.

Je tentai de relativiser la perte de cette raquette particulière, mais c'était une grossière erreur !

— D'autres raquettes ? Tu crois que c'est si simple ? que je n'ai qu'à aller acheter une autre Prince Precision OS ?

— Non, ce n'est pas ce que…

— Tu ne te contentes donc pas de dégrader les installations du lycée !

— Je suis désolée, c'est…

— Je me fiche que tu sois désolée. Ce n'est pas comme ça que tu vas m'aider à gagner mon match. Ma raquette, elle, aurait pu faire la différence. Comment ai-je pu être assez bête pour te laisser partir avec ?

— Papa ! Toi aussi, tu as fait des bêtises quand tu étais un ado hippie !

— Et j'ai payé chaque fois ! Comme si toi tu allais payer pour ma raquette…

Je devais avoir 5 dollars à la banque, soit ce qui restait de l'argent que j'avais reçu pour mon seizième anniversaire. Et mon compte chez *Première Vidéo* était débiteur de 25 dollars. Je fis un calcul rapide dans ma tête. Je ne toucherais plus aucun argent de poche jusqu'à mes trente ans.

Alors il prononça quatre mots qui résonnèrent dans mon crâne, me donnèrent le tournis et me mirent en rogne. Je crus même que j'allais exploser en un million de morceaux mécontents.

— Trouve-toi un boulot ! proclama-t-il. Il serait temps, d'ailleurs. Peut-être que cela t'aidera à avoir le sens des responsabilités !

— Tu ne préfères pas me donner la fessée ? ou m'écrabouiller ? ou ne plus me parler pendant des années, comme ces parents qu'on voit dans les talk-shows débiles à la télé ? S'il te plaît, papa !

— Sûrement pas ! Je n'en démordrai pas ! Et si tu n'y arrives pas toute seule, je t'aiderai à en trouver un. Quand il faudra travailler, en revanche, je ne serai plus là.

Je courus me réfugier dans ma chambre en geignant et pleurant à pleins poumons comme Nerd Boy quand il était petit.

— Vous n'imaginez pas comme c'est difficile d'être une adolescente de ma génération ! La pression et tout !

Tandis que je pleurais sur mon lit, je m'imaginai que j'entrais de nouveau dans le manoir, comme avec Jack Patterson quand j'avais douze ans, pour récupérer la raquette.

Toutefois, je savais que mes hanches s'étaient élargies et que la fenêtre par laquelle nous étions passés avait été changée. Par ailleurs, j'étais certaine que les nouveaux propriétaires avaient fait installer un système de sécurité. Et puis, il y avait tellement de pièces et de placards dans cette maison ! Le risque aurait été trop grand de voir l'Affreux débarquer armé d'un pistolet ou d'un quelconque instrument de torture médiéval. Le scénario du job à temps partiel semblait plus sûr, quoique à peine moins effrayant.

Je regrettai vraiment de ne pas être un vampire. Vous avez déjà vu Dracula travailler ?

Des relations. Ah ! si seulement papa avait été l'ami de Steven Spielberg et de la reine d'Angleterre, parce que Janice Armstrong d'*Armstrong Voyages*, c'était quand même moins glamour.

Mais il y avait pire. En plus de devoir y aller après le lycée trois jours par semaine, ou de répondre au téléphone avec une voix débile, ou bien de photocopier à la pelle des billets d'avion en subissant ces flashs horribles, ou encore d'être obligée de parler à de jeunes cadres dynamiques préparant leur quatrième voyage en Europe, il y avait le pire du pire : la « tenue correcte exigée ».

— Je suis navrée, mais tu ne pourras pas porter… ça, commença Janice en regardant mes chaussures. Comment appelez-vous ces choses ?

— Des rangers.

— Nous ne sommes pas à l'armée. Quant au rouge à lèvres, je veux bien, mais rouge.

— Rouge ?

— Oui, la nuance de rouge de ton choix.

Comme elle était mignonne… Sacrée Janice !

— Rose, peut-être ? demandai-je.

— Rose, ce serait parfait. Il te faudra une jupe aussi. Mais pas trop courte.

— Rouge ?

— Non, pas forcément. Elle pourra être verte ou bleue.

— Je peux choisir la couleur ?

Elle voulait que je me sente idiote ? Eh bien, elle ne serait pas déçue.

— Certainement. Quant aux collants…

— Pas de noir ?

— Ni de déchirures. Pour le vernis à ongles…, continua-t-elle en regardant mes mains.

— Pas de noir, mais une nuance de rouge. Ou, mieux encore, de rose, récitai-je.

— Très bien ! (Elle sourit.) Tu es parfaite pour ce job, alors !

— Euh… merci.

Je me levai pour partir en regardant ma montre. L'entretien n'avait duré que quinze minutes, mais j'avais l'impression d'être là depuis une heure. Ce boulot allait être une véritable torture.

— On se voit demain à 16 heures, alors ? Tu as des questions, Raven ?

— Est-ce que je serai payée pour cet entretien ?

— Ton père m'a dit que tu étais intelligente, mais il a omis de mentionner ton extraordinaire sens de l'humour ! On va bien s'entendre, toutes les deux. Qui sait, peut-être que tu auras envie d'avoir une agence de voyages plus tard ?

Mme Peevish, ma maîtresse de maternelle de sinistre mémoire, aurait été fière de moi.

— Je sais déjà quel métier j'ai envie de faire, répondis-je.

Je fus tentée de dire « vampire » en souvenir du bon vieux temps, mais elle n'aurait pas compris.

—Ah oui ? Alors, qu'est-ce que tu veux faire plus tard ?

—Joueuse de tennis professionnelle. Pour avoir des raquettes gratuites !

Ma mère m'acheta une tenue bien comme il faut aux couleurs horribles parfaitement adaptées au monde du travail de Dullsville. Je sortis les vêtements de leurs sacs et hallucinai en voyant les prix sur les étiquettes.

—Quoi ? Ces vêtements coûtent plus cher que la raquette de tennis ! Tu n'as qu'à les rendre et on sera quittes !

—Ce n'est pas le problème !

—Mais c'est complètement idiot !

À contrecœur, j'enfilai un chemisier blanc et une jupe bleue qui m'arrivait aux genoux. Ma mère me regarda comme si j'étais enfin la fille dont elle avait toujours rêvé.

—Tu as oublié l'époque où tu portais des dos-nus, des perles et des pantalons à pattes d'éléphant ? demandai-je. Mes vêtements ne sont pas si différents pour ma génération.

—Je ne suis plus une petite fille, Raven. Par ailleurs, je ne mettais jamais de rouge à lèvres. J'étais naturelle !

—*Naturelle ?*

Je levai les yeux au ciel.

—Être une adolescente n'est pas facile, je le sais, mais tu finiras par découvrir qui tu es.

— Je sais qui je suis ! Travailler dans une agence de voyages, porter un chemisier blanc et des collants ne m'aidera pas à trouver ma véritable personnalité.

— Ma chérie... (Elle voulut me serrer dans ses bras.) Quand on est adolescent, on est persuadé que personne ne nous comprend, que le monde entier est contre nous.

— Pas du tout ! C'est seulement cette ville qui est contre moi. Je serais folle, maman, si je pensais que le monde entier était contre moi !

Elle me serra fort et, cette fois, je la laissai faire.

— Je t'aime, Raven, dit-elle, comme l'adorable maman qu'elle était. Tu es belle en noir et carrément canon en rouge !

— Maman, arrête, tu vas froisser mon nouveau chemisier.

— Je désespérais de t'entendre dire ça un jour !

Et elle me serra plus fort encore.

Travailler après l'école ? Très peu pour moi. Comment pourrais-je surveiller la famille du manoir si je travaillais tout l'après-midi ? En plus, je devais trimballer des vêtements nettoyables uniquement à sec et les laisser dans mon casier jusqu'à la fin des cours. La punition qu'on m'infligeait me rendait malade !

— Comment se fait-il que ce type n'aille pas au lycée ? demandai-je à Becky dans un moment de faiblesse.

— Il n'est peut-être pas encore inscrit.

— Si je n'avais pas ce job débile, nous pourrions commencer à enquêter sur-le-champ ! Ah !

J'enviais Becky parce qu'elle pouvait rentrer chez elle, au pays de la télé par câble et du pop-corn préparé au four à micro-ondes, alors que moi, je devais passer de mon pupitre à un comptoir de réception.

On se sépara Becky et moi et j'allai aux toilettes pour retirer mon rouge à lèvres noir avec une lingette et le remplacer par un rouge très rouge et voyant. Avec ma peau pâle, j'avais vraiment l'air d'un fantôme. À contrecœur, je passai mon chemisier en coton et viscose écarlate.

— Vous allez me manquer, mais nous serons bientôt de nouveau réunies, dis-je à ma robe noire et à mes rangers avant de les fourrer dans mon sac à dos.

Je décidai de vérifier de quoi j'avais l'air et regrettai de ne pas être un vampire ; les vampires, eux, ne risquaient pas de croiser leur reflet dans un miroir. Mais non, j'étais juste cette pauvre fille maladroite affublée d'un déguisement rouge.

Je me glissai hors des toilettes en regardant à gauche puis à droite comme si je devais traverser la rue et filai vers la sortie sans être vue. Enfin, c'était ce que je croyais...

Trevor se tenait sur les marches.

Prise de panique, je m'efforçai de ne pas faire attention à lui et de continuer ma route. J'aurais voulu courir, mais je n'avais pas l'habitude des talons aiguilles.

— Eh ! ce n'est plus Halloween ! cria-t-il en me suivant. Où est passée ta jupette de tenniswoman ? Tu vas à un bal costumé déguisée en « Suzy la secrétaire » ?

Je fis semblant de ne pas l'entendre, mais il m'attrapa par le bras.

Hors de question qu'il sache que je travaillais, où je travaillais et encore moins pourquoi je travaillais. *Pour rembourser la raquette que j'ai perdue par sa faute !* Il aurait été trop content.

Il m'examina de la tête aux pieds comme lorsqu'il m'avait découverte habillée en tenniswoman. Cette fois-ci, j'étais un autre de ses fantasmes, sa secrétaire.

— Où tu vas comme ça ?

— Pas tes oignons !

— Vraiment ? Je croyais que nous n'avions plus de secrets l'un pour l'autre ?

— Fiche le camp, s'il te plaît.

— Je préfère me promener un peu avec toi.

Je m'arrêtai.

— Tu ne te promèneras pas avec moi ! Tu n'iras nulle part avec moi ! Tu vas me laisser tranquille ! Pour de bon ! Pour toujours !

— Où est donc passée la Raven gentille et aimante que nous connaissons tous ? demanda-t-il en riant. Tu t'es réveillée avec un épi sur la tête ? Tu devrais être habituée depuis le temps.

— Trevor, c'est fini, maintenant. Ton petit jeu et le mien ! Tu n'as plus besoin de me harceler. Nous sommes quittes. Nous sommes quittes pour l'éternité. D'accord ? Alors maintenant, écarte-toi de mon chemin, tu veux bien ?

Je filai d'un pas rapide, mais il me rattrapa au pas de course.

— Tu veux rompre, c'est ça ? Je ne savais pas qu'on sortait ensemble, chérie ! S'il te plaît, ne m'abandonne pas ! supplia-t-il d'un ton moqueur.

Je sortis rapidement de l'enceinte du lycée et accélérai encore. J'avais cinq minutes pour arriver à *Armstrong Voyages*.

— Je ne peux pas vivre sans toi ! lâcha-t-il, sarcastique, en me rattrapant de nouveau. Tu m'en veux de ne jamais t'avoir offert de roses noires ? Je me rattraperai. Je te trouverai de nouveaux vêtements… au cimetière ! (Il éclata d'un rire tonitruant.) Mais je t'en prie, mon amour, ne me quitte pas !

— La ferme !

Je fulminais. Il avait probablement 200 dollars dans la poche arrière de son jean, alors que moi, j'étais obligée de travailler dans un endroit que je détestais à cause de ses blagues débiles.

— Dis-moi seulement où tu vas.

— Trevor, lâche-moi ! Fiche le camp ! S'il le faut, j'obtiendrai une ordonnance restrictive pour t'empêcher de m'approcher !

— Tu as un rendez-vous ?

Il n'avait pas l'intention de lâcher le morceau.

— Va-t'en !

— Tu dois rejoindre quelqu'un ?

— Dégage !

— Tu as un entretien ? un entretien avec… un vampire ?

— Je ne veux plus te voir !

— Est-ce que tu vas… travailler ?

Je me figeai.

— Non ! Tu es complètement malade ou quoi ? Travailler ? C'est complètement nul !

— C'est donc ça ! Tu as trouvé un boulot ! s'exclama-t-il en sautillant sur place. Je suis tellement fier de toi ! Mon petit bébé gothique s'est trouvé un boulot !

Je me consumais de l'intérieur.

— Tu veux mettre du beurre dans les épinards ? Ou alors tu dois rembourser la super raquette de tennis de papa ?

J'étais sur le point de le frapper, d'envoyer sa tête, et non pas une vulgaire bombe de peinture, voler au loin.

Alors Matt arriva en voiture.

— Hé ! mec ! tu étais censé attendre sur les marches. Je n'ai pas de temps à perdre, moi. Je ne vais quand même pas sillonner la ville pour te trouver. Allez, faut y aller.

— Bon, ta baby-sitter est venue te chercher, dis-je.

— Je te proposerais bien de t'accompagner à ton travail, mais on a des choses à faire, me taquina Trevor.

Tandis que la Camaro démarrait sur les chapeaux de roues, je jetai un coup d'œil à ma montre. Génial ! j'étais en retard pour mon premier jour.

10

Une goule au turbin

Big Ben, la tour Eiffel et un coucher de soleil hawaïen dominaient le mur derrière la réception d'*Armstrong Voyages* comme pour rappeler qu'il y avait bien de la vie en dehors de Dullsville et que cette vie était très, très loin.

Néanmoins, travailler chez *Armstrong Voyages* avait un bon côté : les ragots. Dans des circonstances normales, les petits scandales de la ville ne m'intéressaient pas, qu'il s'agisse des batifolages du maire avec une danseuse de Las Vegas, d'un reporter de la chaîne locale WGYS inventant une histoire d'enlèvement par des extraterrestres ou du gérant de la boulangerie *Brownie* ayant escamoté une partie de sa caisse.

Mais la vie était différente désormais : certains avaient aperçu les nouveaux propriétaires du manoir !

Ruby, ma joyeuse collègue, me mettait au parfum. Elle était un genre de *Closer* sur pattes.

— On se demande encore ce que fait le mari, disait-elle en parlant de la famille du manoir, mais il gagne bien sa vie, manifestement. Le majordome fait les courses chez *Wexley's* tous les samedis à exactement 20 heures, et il va chercher les vêtements au pressing le mardi. Que des costumes et des capes noires… La femme est grande et pâle, avec de longs cheveux bruns et des lunettes de soleil dont elle ne se sépare jamais. Elle doit avoir dans les quarante-cinq ans.

» Une vraie famille de vampires, conclut Ruby, qui ne savait rien de ma fascination. On ne les voit que de nuit. On dirait des goules ! Ils sont sinistres, ont l'air maussades ; on dirait qu'ils sortent tout droit d'un film d'horreur de série B. Et ils ne reçoivent jamais de visiteurs. Pas un seul. Tu crois qu'ils cachent quelque chose ?

Je buvais les paroles de Ruby.

— Cela fait plus d'un mois qu'ils sont installés, et ils n'ont pas refait la peinture. Ils n'ont même pas tondu la pelouse ! Je suis sûre qu'ils ont mis des portes qui grincent !

Janice éclata de rire et ne sembla pas remarquer le téléphone qui sonnait.

— Marcy Jacobs me faisait la même remarque, ajouta-t-elle. Vous imaginez ? Ne pas tondre la pelouse, ni planter de fleurs, ils ne se demandent pas ce que vont penser les voisins ?

— Peut-être qu'ils s'en fichent des voisins ? Peut-être que cela leur plaît comme ça ? tentai-je.

Elles me lancèrent toutes les deux un regard horrifié.

— Et ce n'est pas fini, reprit Ruby. On m'a dit que la femme est allée chez *Giorgio's*, le bistro italien, et qu'elle a commandé les antipasti spéciaux d'Henry… sans ail ! C'est ce que Natalie Mitchell a dit que son fils lui avait dit.

Et alors ? pensai-je. *J'aime la pleine lune. Est-ce que cela fait de moi un loup-garou ? N'importe quoi. De toute façon, on ne peut pas avoir confiance dans Trevor et sa famille.* La cloche de la porte d'entrée coupa court à notre séance de médisance. Un client entra, et le moulin à paroles cessa de tourner.

L'Affreux !

— J'ai un truc à finir dans l'arrière-boutique ! murmurai-je à Ruby, qui ne parvenait pas à détacher son regard de l'homme squelettique.

Je filai aussi vite que possible et ne me retournai que lorsque je fus à l'abri derrière la photocopieuse Xerox. Et pourtant, j'aurais voulu courir le rejoindre, serrer son corps fragile dans mes bras et lui dire combien j'étais désolée de ce que Trevor avait fait le soir d'Halloween. J'aurais voulu l'écouter raconter le monde tel qu'il le connaissait, ses aventures, ses voyages. Comme je n'en avais pas le courage, je restai derrière la machine et me photocopiai la main.

—J'aurais besoin de deux billets pour Bucarest, l'entendis-je dire en s'asseyant devant le bureau de Ruby.

J'étirai mon cou pour le voir.

—Bucarest ? demanda Ruby.

—Oui, Bucarest, en Roumanie.

—Quand voudriez-vous partir ?

—Je ne pars pas, madame. Ces billets sont pour M. et Mme Sterling. Ils souhaiteraient partir le 1er novembre pour trois mois.

Ruby s'activa sur son ordinateur.

—Deux places... En classe économique ?

—Non, en première, je vous prie. Du moment que les hôtesses servent du vin bien rouge, les Sterling sont toujours contents ! ajouta-t-il en riant avec son accent à couper au couteau.

Ruby rit aussi, quoique maladroitement, tandis que je gloussai intérieurement.

Elle lui détailla l'itinéraire et lui tendit une copie du contrat.

—Ah ! de nos jours, il faut presque vendre son sang pour pouvoir acheter des billets d'avion ! plaisanta l'Affreux en signant la facture.

C'était de mieux en mieux !

Ruby frotta sa carte de paiement.

—Et vous, vous ne partez pas, monsieur ? demanda-t-elle, curieuse, tandis qu'il signait de son nom.

Bravo, ma petite Ruby !

— Non, le garçon et moi restons ici.

Le garçon ? Parlait-il du gothique ? Ou bien les Sterling avaient-ils un bébé et leur faudrait-il une baby-sitter ? Je pourrais jouer à cache-cache avec lui dans le manoir…

— Les Sterling ont un garçon ? demanda Ruby.

— Il ne sort pas beaucoup. Il reste dans sa chambre à écouter trop fort de la musique. Que voulez-vous ? Il a dix-sept ans.

Dix-sept ans ? Avais-je bien entendu ? Dix-sept ? Il parlait bien du gothique. Pourquoi ne fréquentait-il pas le lycée ?

— Il a toujours eu un précepteur. Ou, comme vous dites dans ce pays, il a bénéficié d'un enseignement à domicile, répondit l'Affreux comme s'il avait lu dans mes pensées.

Mais il aurait dû dire « enseignement au manoir » ! À Dullsville, tous les jeunes allaient à l'école.

— Dix-sept ans ? répéta Ruby pour le relancer et presser le corps frêle de l'Affreux pour en extraire davantage d'informations.

— Oui, dix-sept, mais il se prend pour un adulte.

— Ne m'en parlez pas, ma fille vient d'avoir treize ans et elle est persuadée de tout savoir !

— Lui se comporte comme s'il avait déjà beaucoup vécu, si vous voyez ce que je veux dire. Il a de grandes opinions sur le monde.

L'Affreux partit d'un rire hystérique qui lui déclencha une quinte de toux.

— Vous avez besoin d'autre chose ?

— Oui, d'un plan de la ville.

— De notre ville? demanda-t-elle dans un gloussement. Je ne suis même pas certaine d'en avoir.

Elle se tourna vers Janice, qui fit « non » de la tête.

— Eh bien, il y a la place principale et les champs autour, expliqua Ruby en dessinant sur son bureau du bout du doigt. Vous êtes sûr de ne pas vouloir le plan d'un endroit plus animé ? lui demanda-t-elle en lui proposant une carte de la Grèce.

— Votre ville est largement assez animée pour un homme de mon âge, rétorqua l'Affreux dans un sourire. La place me rappelle mon village, en Europe. Cela fait des siècles que je n'y ai pas mis les pieds.

— Des siècles ? répéta Ruby avec une curiosité mal dissimulée. Vous ne faites pas du tout votre âge.

Si quelqu'un pouvait tirer les vers du nez d'un mort-vivant, c'était bien Ruby. Elle assurait, question flirt.

Le visage de l'Affreux vira du blanc pâle au bordeaux.

— Vous êtes si gentille, ma chère, dit-il en tapotant son crâne chauve avec un mouchoir en soie rouge. Merci beaucoup de m'avoir donné de votre temps. (Il se prépara à partir.) C'était adorable, tout comme vous, d'ailleurs.

Il prit sa main entre ses doigts osseux et eut un sourire parcheminé.

Il se leva et tourna les yeux vers moi, me transperçant littéralement du regard, comme s'il avait su depuis le début que j'étais là. Je tournai aussitôt les talons et me mis à rassembler frénétiquement les treize photocopies de ma main en sentant son regard glacé sur moi.

J'attendis d'entendre la porte se refermer avant de me retourner. Je le vis passer devant la vitrine. Une fois de plus, il regarda dans ma direction, ou plutôt à travers moi. Un frisson parcourut mon corps. Et j'adorai cela.

L'horloge tourna à une allure incroyable. À peine le temps de se retourner, il était 18 heures passées.

Je jetai mon sac noir sur mon épaule.

— Eh ! on va devoir te payer des heures supplémentaires ! lança Ruby tandis que je quittais la réception.

Si je ne pouvais pas être Elvira ou la fiancée de Dracula, je serais Ruby. Elle était à l'opposé de moi, avec son obsession pour le blanc : hautes bottes blanches avec une robe moulante en vinyle blanc, ou un pantalon blanc élégant avec des escarpins blancs. Elle avait une coupe au carré blond platine et rehaussait toujours son maquillage avec un poudrier orné d'un R en strass rouge. Elle possédait même un caniche blanc qu'elle amenait parfois à l'agence. Ses petits amis lui rendaient souvent visite pendant son temps de travail. Elle était classe et ils le savaient.

J'approchai de son bureau couvert de cristaux blancs, d'anges blancs et d'une adolescente de treize ans dans un cadre en Plexiglas.

— Ruby ? commençai-je comme elle fouillait dans son sac à main blanc.

— Oui, ma puce ?

— Je me demandais..., continuai-je en vrillant la sangle de mon sac. Est-ce que... ?

— Qu'y a-t-il, chérie ?

Elle attrapa la chaise de Janice et la fit rouler jusqu'à elle.

— Pour aujourd'hui... Je sais que c'est complètement fou, mais... est-ce que... enfin... Vous croyez aux vampires ?

— Si je crois aux vampires ? (Elle rit en jouant avec son collier en cristal.) Je crois beaucoup de choses, chérie.

— Mais est-ce que vous croyez aux vampires ?

— Non !

— Oh ! fis-je en tentant de cacher ma déception.

— Mais sait-on jamais ? gloussa-t-elle. Ma sœur Kate jure ses grands dieux qu'elle a vu le fantôme d'un vieux fermier dans un champ de maïs quand nous étions petites. Et puis je suis sortie avec un type qui était persuadé d'avoir vu un objet argenté filer dans le ciel. Ma meilleure amie, Evelyn, pense qu'elle a trouvé son mari grâce à la numérologie, et mon chiropracteur guérit les gens en appliquant des aimants sur leurs articulations. Ce qui semble idiot à certains est la réalité pour d'autres.

Je m'accrochai à chacun de ses mots.

— Alors, est-ce que je crois aux vampires ? continua-t-elle. Non. Mais je ne croyais pas non plus que Rock Hudson était gay. Qu'est-ce que j'en sais ?

Elle eut un sourire éclatant.

Je me dirigeai vers la porte, satisfaite.

— Raven ?

— Oui ?

— Et toi, à quoi crois-tu ?

— Je crois… que je veux découvrir la vérité !

• 11 •

MISSION IMPROBABLE

— Je suis en mission ! criai-je à Becky qui m'attendait déjà sur une balançoire du parc Evans. (Je lui avais donné rendez-vous là à 19 heures.) Tu ne devineras jamais !

— Tu as volé un autre caleçon à Trevor ?

— Quel Trevor ? Non, c'est beaucoup plus important que Trevor ! beaucoup plus important que cette ville ! que le monde entier, même !

— Vas-y, crache le morceau.

— Je sais tout sur la famille du manoir !

— Ah ! les vampires ?

— Tu es au courant ?

— Toute la ville jase. Certains parlent de leurs vêtements, d'autres les trouvent bizarres. M. Mitchell a dit à mon père qu'il fallait être inhumain pour commander des plats sans ail chez *Giorgio's*.

— Ha ! les Mitchell ! Cela ne m'étonne pas d'eux. Mais bon, la moindre info est précieuse, alors je note…

— C'est pour ça que tu voulais qu'on se voie ?

— Becky, est-ce que tu… crois aux vampires ?

— Non.

— Non ?

— Non !

— Et c'est tout ? Tu ne prends même pas le temps de réfléchir un peu ?

— Tu aurais pu me le demander au téléphone. À cause de toi, je ne me suis pas resservie de macaronis au fromage !

— Tu parles d'une perte !

— Tu plaisantes ? Si j'ai bien compris, tu voudrais que je croie aux vampires…

— Eh bien…

— Et toi, Raven, tu y crois ?

— J'ai envie d'y croire depuis des années. Qui sait ? Je ne croyais pas non plus que Rock Hudson était gay.

— Qui est Rock Hudson ?

Je levai les yeux au ciel.

— Peu importe. Je t'ai demandé de venir pour m'aider dans ma mission. Les réponses ne sont pas dans les rumeurs mais dans les vérités, et les vérités sont dans le manoir. Tous les samedis soir, le majordome, l'Affreux, passe une heure chez *Wexley's* pour faire le plein. Je suis passée devant le manoir et je n'ai pas l'impression qu'il y ait d'alarme. Avec un peu de chance, le gothique sera dans sa chambre, sous les combles, à écouter à fond Marilyn Manson beugler son mal-être. Il ne m'entendra même pas.

— Il ne t'entendra pas faire quoi ?

— Je serai là à chercher la vérité, et il n'entendra rien.

— Tu es à côté de la plaque, ma fille.

— Merci.

— Donc tu as besoin que je reste chez moi à côté de mon téléphone, comme ça, quand tu auras fini et que tu seras rentrée, tu pourras m'appeler pour tout me raconter en détail.

Je la regardai durement.

— Non, j'ai besoin que tu fasses le guet.

— Tu sais que tu veux t'introduire dans une propriété privée ? Je veux dire *vraiment* ? Avec effraction et tout ?

— Si je trouve une fenêtre ouverte, je n'aurai pas besoin de casser quoi que ce soit. Il n'y aura pas d'effraction. Si tout se passe comme je l'ai prévu, personne ne se rendra compte de rien. Il n'y aura même pas de violation de propriété privée, et je ressortirai tranquillement !

— Je ne pense pas que…

— Mais si !

— Je ne peux pas.

— Tu peux !

— Je ne ferai pas ça.

— Tu le feras !

La conversation était terminée.

— Tu le feras ! répétai-je durement.

Je détestais être autoritaire, mais c'était nécessaire. Je descendis de ma balançoire.

— Je ne volerai rien. Tu ne seras complice de rien, mais si je trouve quelque chose d'important, de colossal, de spectaculaire, d'extraordinaire, nous partagerons notre prix Nobel.

— On a jusqu'à samedi, n'est-ce pas ?

— Oui. Ce qui me laisse largement le temps de rassembler des informations et de passer le manoir au peigne fin. Et toi, tu auras le temps de…

— De trouver des excuses ?

Je souris.

— Non, de terminer tes macaronis au fromage.

• 12 •

Fin de partie

Encore mieux que la remise des diplômes : mon dernier jour de travail. Après les retenues, il me restait 200 dollars, c'est-à-dire assez pour que papa se rachète une raquette de tennis étincelante et un tube de balles jaune fluo.

Je fus prise d'un bref accès de mélancolie lorsque j'enfilai mon sweat-shirt, mon chèque bien en sécurité dans mon sac, avant de quitter l'agence de voyages. Ruby me serra contre elle pour de vrai, pas comme Janice, qui me tendit les bras comme une poupée en porcelaine afin de me maintenir à bonne distance.

Je dis au revoir à Big Ben, à la tour Eiffel et au coucher de soleil hawaïen.

— Reviens nous voir à l'occasion ! me dit Ruby. Tu me manqueras. Tu es vraiment unique, Raven.

— Vous aussi !

Et c'était vrai. J'étais heureuse d'avoir fait la connaissance d'une personne différente du citoyen moyen de Dullsville.

— Un jour, tu trouveras un type unique qui te ressemblera !

— Merci, Ruby !

C'était la chose la plus tendre qu'on m'ait jamais dite.

À ce moment-là, Kyle Garrison, Dullsvillien golfeur professionnel, entra pour la draguer. Des types uniques, Ruby en avait trouvé des tonnes. Et elle le méritait.

Je posai mon chèque sur ma table de chevet et me pelotonnai dans mon lit, heureuse d'avoir purgé ma peine et d'avoir de quoi rembourser fièrement papa le lendemain matin. Sauf que je ne réussis pas à trouver le sommeil. Je restai éveillée toute la nuit à me demander à quoi ressemblerait le type unique qui serait fait pour moi. Je priai pour qu'il ne porte pas un pantalon à carreaux comme Kyle, le golfeur.

Alors je pensai au gars du manoir. Et me demandai si je n'avais pas déjà rencontré mon âme sœur.

— Qu'est-ce que tu as à sourire comme ça ? me demanda Trevor après le déjeuner.

Je ne pouvais pas m'empêcher de sourire à tout le monde, même à lui. J'étais heureuse.

— Je suis à la retraite, m'enthousiasmai-je. Maintenant, je vais pouvoir vivre de mes rentes !

— C'est vrai ? Félicitations. Dommage, je m'étais habitué à ton uniforme de secrétaire sexy. Mais tu peux continuer à le porter juste pour moi, ajouta-t-il en se penchant.

— Fiche le camp ! hurlai-je en le repoussant. Pas question que tu gâches ma journée !

— Je ne la gâcherai pas, promit-il en reculant. Je suis fier de toi. (Il sourit d'un sourire splendide mais néanmoins démoniaque.) Tu as assez d'argent pour m'inviter, maintenant. J'adore les films d'horreur.

— Ils sont trop effrayants pour les gosses comme toi. Je te rappellerai dans quelques années.

Je ris et tournai les talons. Cette fois, il ne m'arrêta pas. Il était dit qu'il ne gâcherait pas ma journée.

Le huitième cours de la journée était enfin terminé. Je rejoignis vite Becky devant mon casier ; nous avions prévu de manger une glace et de parler du manoir. Une foule d'élèves était rassemblée à notre point de rendez-vous. Becky me fit signe de partir, mais je préférai me faufiler entre les lycéens au regard vide.

Finalement, les élèves s'écartèrent pour me laisser passer.

J'avisai mon casier et mon cœur tomba par terre. Suspendus à une cordelette collée à la porte par du ruban adhésif argenté, la raquette de tennis Prince de mon père et ce mot : « JEU, SET ET MATCH ! J'AI GAGNÉ ! »

Ma tête se mit à tournoyer comme dans *L'Exorciste.* Trevor Mitchell avait gardé la raquette pendant tout ce temps. L'avait-il récupérée le jour où l'Affreux était venu au lycée ?

Mon corps tremblait de rage. Tout ce temps passé au téléphone, ces clients insatisfaits, ces fax envoyés, le goût écœurant des enveloppes. Être obligée de voir tous ces gens quitter Dullsville en avion, en voiture, à skis, tandis que je leur remettais les clés de leur liberté. Tout cela parce que Trevor attendait le meilleur moment pour me rendre la raquette.

Un cri naquit au fond de mes bottes, jaillit de ma bouche et se réverbéra sur les murs.

Plusieurs professeurs affolés se précipitèrent pour voir ce qui s'était passé.

— Raven, tu te sens bien ? demanda Mme Lenny.

J'ignorais si la foule s'était dispersée ou non ; je ne voyais que la raquette de tennis. J'étais incapable de respirer et encore moins de parler.

— Que s'est-il passé ? cria M. Burns.

— Tu t'étouffes ? Tu as une crise d'asthme ? s'enquit Mme Lenny.

— Trevor Mitchell..., commençai-je en serrant les dents.

— Oui ?

— On l'a passé à tabac. Il est à l'hôpital !

— Quoi ? Comment ?

— Où ? Quand ? demandèrent les enseignants paniqués chacun à leur tour.

Je pris une profonde inspiration.

— Je ne sais ni comment ni où ! lançai-je en me tournant vers eux, le corps en ébullition, la tête prête à exploser. Mais je vais vous dire un truc ! Ça arrivera très bientôt !

Stupéfaits, ils me regardèrent sans rien dire.

J'attrapai la raquette et tirai si fort que le ruban adhésif, en se décollant, arracha un peu de peinture verte à mon casier déjà en mauvais état.

Je quittai le lycée comme une furie assoiffée de sang.

Les élèves étaient éparpillés sur la pelouse, attendant qu'une voiture vienne les récupérer. Comme je ne trouvai pas Trevor, je fis le tour du bâtiment.

Je le repérai au pied de la colline, sur le terrain de football. Il m'attendait, entouré de son équipe au grand complet.

Trevor avait tout planifié. Il avait attendu ce jour avec calme, tandis que j'avais guetté avec impatience la fin de mon contrat de travail... Il avait anticipé ma réaction, prévu que je serais très en colère et que je voudrais me battre. Il voulait prouver à ses copains qu'il avait récupéré son trône, qu'il s'était enfin payé la petite gothique non pas derrière un arbre, mais avec une raquette. Et il voulait que sa bande assiste à cela.

Je courus presque, animée par une rage vengeresse. Je dévalai la colline, fonçai vers le terrain de football sous le regard de treize gamins attardés et de mon ennemi très fier. Tout le monde attendait que je morde à l'hameçon, et l'hameçon, c'était Trevor.

Je passai devant les footeux et me dirigeai vers lui, les doigts serrés autour de la poignée de la raquette, prête à frapper.

— Elle était chez moi pendant tout ce temps, avoua-t-il. J'ai suivi ce majordome bizarre après les cours, l'autre jour. Il voulait te rendre la raquette en main propre, mais je lui ai dit que j'étais ton petit ami. Il a eu l'air déçu.

— Tu lui as dit qu'on sortait ensemble ? C'est dégueulasse !

— Surtout pour moi, chérie. Moi, je suis footballeur ; toi, tu n'es qu'un monstre de foire !

Je pris mon élan pour cogner.

— Je te l'aurais bien rendue plus tôt, mais tu semblais si heureuse de travailler.

— Il te faudra plus qu'un gant de golf pour masquer tes cicatrices quand je me serai occupée de toi !

Je frappai, mais il recula juste à temps.

— Je savais que tu viendrais me chercher. Elles réagissent toujours de la même manière ! annonça-t-il fièrement.

Ses copains, ses marionnettes éclatèrent de rire.

— Toi aussi, tu me cours après, pas vrai, Trevor ?

Il écarquilla les yeux, surpris.

— Eh bien, oui, continuai-je. Raconte à tes amis ! Profites-en, ils sont tous là. Mais je suis sûre qu'ils sont déjà au courant. Dis-leur pourquoi tu fais tout ça !

— De quoi parles-tu, espèce de monstre ?

Je voyais à son expression qu'il était près pour la bataille mais qu'il ne s'attendait pas à devoir jouer ce genre de jeu.

— Je parle d'amour, répondis-je d'une voix rauque.

Ses copains éclatèrent de rire. J'avais à ma disposition une arme bien plus dangereuse qu'une simple raquette à 200 dollars : l'humiliation. Accuser un footeux de s'être entiché d'une gothique était une chose, mais utiliser ce mot hautement mièvre et ringard devant un apprenti macho de seize ans était proprement inacceptable.

— Tu es complètement malade ! cria-t-il.

— Ne sois pas gêné. C'est mignon, en fait, dis-je avec une satisfaction non dissimulée, avant de sourire au gardien de but de l'équipe. Trevor Mitchell est amoureux de moi ! Trevor Mitchell est amoureux de moi ! chantai-je.

Trevor ne savait pas quoi dire.

— Tu as pris de la drogue, ma pauvre fille.

— Il est un peu maladroit, ajoutai-je, tout sourires, à l'intention de ses copains, avant de le regarder durement.

Ce que tu ressens pour moi est si fort que j'aurais dû comprendre plus vite.

Puis j'ajoutai d'une voix forte :

— Trevor Mitchell, tu m'aimes !

— Dans tes rêves, espèce de folle ! Ouais, j'ai un poster de toi dans ma chambre ! Tu parles, tu me donnes envie de vomir.

Cette dernière phrase me fit mal, mais me donna aussi de l'énergie pour le round suivant.

— Tu n'es pas allé dans la forêt d'Oakley avec un poster. Tu ne t'es pas habillé en vampire pour impressionner un poster. Et tu n'as pas caché la raquette de tennis de mon père pour attirer l'attention d'un poster enragé !

Les membres de l'équipe de football devaient être impressionnés par ma démonstration, car personne n'intervint pour défendre Trevor et m'attaquer ; ils se contentèrent d'attendre la suite avec curiosité.

— Aucun de tes amis n'évite de me parler, continuai-je. Normal, puisqu'ils ne s'intéressent pas à moi, contrairement à toi. Tu penses à moi tout le temps. Tous les jours, tu t'arranges pour ne pas avoir à me parler.

— Tu es tarée ! Tu n'es qu'une camée, une loseuse, tu es complètement à côté de la plaque et tu ne feras jamais rien de ta vie !

Trevor se tourna vers Matt, qui se contenta de sourire maladroitement en haussant les épaules. Ses autres amis gloussaient et échangeaient des chuchotements que je ne pouvais pas entendre.

— C'est moi que tu veux ! lui criai-je au visage. Sauf que tu ne peux pas m'avoir !

Il se rua sur moi en faisant de grands moulinets avec les bras. Heureusement, j'avais la raquette de papa pour me défendre. Voir un sportif comme lui s'en prendre à une fille devait être pitoyable, même pour ses copains, ou alors ils jubilaient en secret de le voir se faire humilier. Toujours est-il qu'ils le retinrent. Matt et le gardien de but se dressèrent même entre lui et moi, formant une bien séduisante barricade.

Soudain, M. Harris siffla le début de l'entraînement.

Je n'eus pas le temps de remercier Matt et les autres ni de dire quelque chose dans la veine de : « Waouh ! on s'est bien amusés. On remettra ça un de ces jours ! » Triomphante, je gravis la colline, pressée de tout raconter à Becky.

Pensais-je réellement que Trevor était amoureux de moi ? Non. Cela paraissait aussi peu probable que l'existence des vampires. M. Populaire amoureux de Mlle Impopulaire. En tout cas, j'avais fait beaucoup de bruit, et tout le monde m'avait entendue.

J'étais enfin libre.

• 13 •

Une fille obsédée

D'une manière inattendue, d'autres Dullsvilliens affirmèrent avoir vu le gothique.

— Il est vraiment mignon, mais il est quand même vachement bizarre ! chuchota Monica Havers à Josie Kendle en cours de maths.

— Tu veux dire qu'il est enfin descendu de son donjon ?

— Ouais. Trevor Mitchell l'a vu sortir du cimetière en pleine nuit. Il paraît que du sang lui dégoulinait de la bouche. Quand Trevor s'est approché pour le voir de plus près, l'autre a disparu !

— Hein ? Quoi ? Tu veux dire que tu ressors avec Trevor ?

— Sûrement pas ! Tout le monde sait qu'il est amoureux de cette Raven. Tu sais quoi ? J'ai croisé ce type, le fantôme, au cinéma vendredi dernier. Il était seul. Tu te rends compte ? Tu es déjà allée au cinéma toute seule, toi ?

— Il faut être un loser et être un peu timbré pour ça, confirma Josie.

— Exactement !

Je levai les yeux au ciel, écœurée.

Après le dîner, je me rendis à l'épicerie avec Becky pour acheter un soda à maman. Soudain, mon regard fut attiré par la une d'un tabloïd et par ce gros titre : « J'ai donné naissance à un bébé vampire à deux têtes ».

— Alors c'est vrai ! plaisantai-je. Les vampires existent. Je l'ai lu dans *Mensonges hebdo*.

Becky et moi gloussâmes comme de petites filles. Je me retournai et découvris que le gothique se tenait juste derrière moi. Il regardait les barres chocolatées devant le comptoir.

Il portait des Ray-Ban, telle une rock star fantomatique, et tenait une boîte de bougies.

— Vous ne seriez pas... ? murmurai-je, stupéfaite, comme si je venais de croiser une célébrité.

— Au suivant, dit le vendeur en lui faisant signe d'approcher.

Il ne me remarqua même pas. Je lui emboîtai le pas mais fus coiffée au poteau par une rousse championne de fitness accompagnée de son amie accro aux UV qui voulait acheter des magazines people et des bouteilles d'eau minérale importée.

Le gothique prit son sac et sortit de l'épicerie. Il releva ses lunettes de soleil dans la lumière déclinante du crépuscule.

Les deux femmes le lorgnèrent comme si elles venaient de voir un mort-vivant.

— Cela me rappelle que j'ai croisé ce gamin à la librairie *Carlson's*, commença la championne de fitness. Tu as vu comme il est pâle, Phyllis ? Sa peau a-t-elle jamais pris le soleil ? Il pourrait au moins mettre un peu de fond de teint. Il a vraiment besoin d'un relooking !

— Tu as remarqué ce qu'il lisait ?

— Absolument, c'était un livre sur le cimetière de Benson Hill !

— Quand je raconterai ça à Natalie Mitchell ! Elle est persuadée que ce sont des vampires !

— Peut-être qu'on verra les Sterling dans les tabloïds, la semaine prochaine : « Un jeune vampire se confie : J'ai les crocs ! »

Et elles ricanèrent comme Becky et moi un peu plus tôt.

— Dépêchez-vous ! les pressai-je, impatiente.

Mais lorsqu'on se précipita dans le parking, Becky et moi, il n'était déjà plus là.

Nous continuâmes de partager ces ragots autour de la table de la salle à manger.

—John Garver, qui travaille au tribunal, m'a dit que les Sterling ont hérité du manoir, qu'ils ne l'ont pas acheté, commença papa.

—Jimmy Fields dit qu'ils ne mangent pas de la vraie nourriture mais des insectes et des brindilles, renchérit Nerd Boy comme seul lui pouvait le faire.

—Qu'est-ce que vous racontez ? intervins-je. Ils sont juste différents. Ils n'enfreignent aucune loi !

—Certes, acquiesça maman, mais avoue tout de même qu'ils sont étranges. Et leurs vêtements sont vraiment bizarres.

Ils se tournèrent tous vers moi, vers mon rouge à lèvres noir, mes ongles noirs, mes cheveux teints en noir, ma robe en Spandex noir, mes gros bracelets en plastique noir.

—Mes vêtements aussi sont bizarres, repris-je. Vous me trouvez étrange pour autant ?

—Oui, répondirent-ils à l'unisson.

Cela nous fit tous rire, même moi. Mais en mon for intérieur, j'étais triste, car je savais qu'ils ne plaisantaient pas. Et eux devaient l'être aussi pour les mêmes raisons.

Le soleil s'était couché et la lune souriait au-dessus de nous. Vêtue d'une tenue de camouflage, j'étais prête à accomplir ma mission. Mon rouge à lèvres noir était mat et non brillant, j'étais vêtue d'un col roulé noir et d'un jean noir et équipée d'un minuscule sac à dos noir dans lequel j'avais glissé une lampe torche et un appareil photo jetable. M. et Mme Sterling étaient en Europe. Leur Mercedes n'était pas garée dans l'allée. L'Affreux devait être au magasin, et s'il poussait son Caddie aussi vite qu'il conduisait, il n'était pas près de rentrer.

Le portail en fer rouillé se dressait devant moi. Les réponses à toutes mes questions, à toutes les rumeurs se trouvaient de l'autre côté. Je n'avais plus qu'à passer par-dessus et mon enquête pourrait commencer.

Malheureusement, notre aventure risquait d'être reportée, car Becky avait peur de grimper.

— Tu ne m'avais pas parlé d'escalader quoi que ce soit ! J'ai le vertige, moi !

— Allez, dépêche-toi. L'heure tourne.

Becky fixait son regard sur le vieux portail ridicule comme s'il s'agissait du mont Everest.

— Je ne peux pas. Il est beaucoup trop haut !

— Mais si, tu peux, rétorquai-je. Tiens, je t'aide, dis-je en joignant mes mains pour lui faire la courte échelle. Mets tout ton poids là-dessus, n'hésite pas.

— Je ne veux pas te faire mal.

— Mais non, ne t'inquiète pas.

— Tu es sûre ?

— Becky ! J'ai attendu des mois pour ça, alors si tu gâches ma soirée uniquement parce que tu refuses de poser le pied sur mes mains, je te tuerai !

Elle s'exécuta et je lâchai un grognement. Je me retournai et découvris une Becky accrochée au portail telle une araignée terrifiée.

— Tu ne peux pas rester là sans bouger. Grimpe !

Elle essaya. Vraiment. Je vis tous les muscles de son corps se tendre. Elle n'était pas lourde, mais elle n'était pas forte non plus.

— Tu n'as qu'à te dire que c'est une question de vie ou de mort. Tiens, si tu n'atteins pas le sommet, tu finiras en prison !

— J'essaie !

— Allez Becky, allez Becky ! scandai-je comme une pom-pom girl.

Elle grimpa laborieusement et atteignit enfin le sommet orné de pointes. C'est à ce moment-là qu'elle fut réellement prise de panique.

— Je ne peux pas passer de l'autre côté. J'ai peur !

— Ne regarde pas en bas.

— Je ne peux pas bouger !

J'étais moi aussi proche de paniquer. Elle risquait de compromettre ma mission. Un policier ou un voisin curieux pouvaient arriver à n'importe quel moment. Le gothique lui-même pouvait descendre de son grenier pour voir ce qui faisait plus de bruit que son CD de Cure.

— Regarde et fais comme moi. (J'escaladai le portail, contournai Becky et passai de l'autre côté.) À toi, maintenant ! chuchotai-je, accrochée face à elle.

Elle ne bougea pas. Elle refusait même d'ouvrir les paupières.

— Je crois que je fais une crise de panique.

— Génial ! m'exclamai-je en levant les yeux au ciel. Tu ne peux pas me faire ça ! (J'aurais peut-être dû venir avec Nerd Boy…) Becky ?

— Je n'y peux rien !

— D'accord, d'accord. Allez, redescends.

Nous glissâmes toutes les deux le long du portail, mais pas du même côté. Nous étions séparées par des barreaux, mais nous étions toujours amies.

— J'espère que je n'ai pas tout gâché, dit-elle.

— Eh ! tu m'auras accompagnée jusqu'ici au moins…

Elle me sourit, reconnaissante.

— Je reste ici pour surveiller les environs.

— Non, rentre chez toi. Quelqu'un pourrait te voir.

— Tu es sûre ?

— J'ai beaucoup aimé rester accrochée à ce portail avec toi, plaisantai-je, mais je dois y aller maintenant.

— J'espère que tu trouveras tout ce que tu cherches.

Becky remonta dans sa voiture et fila retrouver le confort de son canapé à carreaux. Quant à moi, je repris mon enquête avec un détective de moins. À moi toute seule, j'étais le RBI : le *Raven Bureau of Investigation*. Je devais mettre un terme à toutes ces rumeurs. Et si elles avaient un fond de vérité, alors le monde avait le droit de savoir.

Le manoir était plongé dans l'obscurité, excepté la chambre sous les combles, dont la lucarne était obstruée par un rideau. Tandis que je contournais la demeure sur la pointe des pieds, j'entendis le son étouffé d'une guitare électrique. Par chance, pas d'aboiements de chien. Je trouvai ma fenêtre favorite. Il n'y avait ni planches, ni briques, mais la vitre cassée avait été remplacée. Ils n'avaient presque rien fait, dans ce manoir, alors pourquoi avoir réparé cette vitre justement ? Je continuai d'avancer et vérifiai les autres fenêtres. Elles étaient toutes fermées. Soudain, quelque chose brilla au clair de lune. Je me baissai et découvris un marteau posé près d'un buisson, et, à côté, la plus belle chose que j'aie jamais vue : une fenêtre tenue ouverte par une brique. Un pistolet à mastic était toujours posé sur le rebord. Quelqu'un avait réparé la fenêtre et l'avait laissée ouverte pour qu'elle sèche. J'embrassai ma nouvelle amie la brique du bout des doigts. Merci, la brique, merci !

J'eus beaucoup plus de mal à me glisser dans l'ouverture, cette fois. Depuis mes douze ans, j'avais mangé beaucoup de bonbons.

Je rentrai le ventre, tirai, grognai, poussai sur mes bras. Je passai enfin. J'étais à l'intérieur ! Je brandis le poing dans l'atmosphère de cave humide et poussiéreuse qui emplissait le manoir.

Ma lampe torche m'aida à trouver mon chemin entre des caisses et autres vieux meubles. Je repérai trois objets rectangulaires couverts de draps posés contre un mur. Des tableaux ? Ma peau picota d'excitation tandis que j'attrapai le coin d'un drap et le soulevai lentement. Je retins ma respiration. Deux yeux me regardaient fixement. C'était un miroir !

Je portai les mains à ma poitrine. Mon cœur battait la chamade. Un miroir recouvert d'un tissu ? Je retirai les draps un à un. D'autres miroirs ! Rectangulaires, ovales, avec un cadre en bois ou doré. Pas possible ! Qui couvrait les miroirs ? Les vampires !

Je continuai à fouiller le sous-sol et découvris de la vaisselle en porcelaine et des coupes en cristal très différentes des verres que j'utilisais tous les jours. Puis je trouvai une boîte marquée « AQUARELLES ALEXANDER » pleine de dessins d'une propriété qui ressemblait beaucoup à celle-ci.

Il y avait d'autres peintures : Spider-Man, Batman et Superman. Ainsi que les trois grands réunis sur une même toile : le monstre de Frankenstein, le Loup-garou et le comte Dracula.

J'entrepris de les fourrer dans mon sac à dos, mais j'avais promis à Becky de ne rien voler. Alors je sortis mon appareil et pris quelques photos.

Je découvris un parchemin roulé et jauni avec un arbre généalogique à moitié effacé plein de noms de famille longs et imprononçables, de duchesses et de barons morts depuis plusieurs siècles. Et enfin, tout en bas : Alexander. Mais pas de date de naissance. Ni de mort !

Enfin, je repérai trois caisses marquées « TERRE » portant des tampons de la douane roumaine.

Comme je me dirigeai vers l'escalier, je trébuchai sur un objet recouvert d'un drap blanc. Voilà pourquoi j'étais venue ; il devait s'agir d'un cercueil ! L'objet en avait les dimensions et sonna comme du bois lorsque je tapotai dessus avec les articulations de mes doigts. J'étais aussi effrayée qu'excitée. Je fermai les yeux et tirai sur le tissu. Je pris une profonde inspiration et rouvris les paupières. Ce n'était qu'une table basse.

Je remis le drap en place et gravis avec précaution les marches bruyantes. Je tournai la poignée de la porte vitrée, poussai, mais elle refusa de bouger. Je poussai de nouveau de toutes mes forces, et elle s'ouvrit d'un seul coup. Je me retrouvai soudain dans le couloir.

Des portraits d'hommes et de femmes aux cheveux gris se succédaient sur les murs, de même que des tableaux qui auraient très bien pu être des Van Gogh et des Picasso. Dommage que la peinture ne m'ait jamais vraiment intéressée. J'avais l'impression d'être dans un musée, sauf que la lumière était dispensée par des bougies et non des néons.

J'entrai dans le salon sur la pointe des pieds. Il y avait des meubles de style Art déco. Tout était très beau.

D'épais rideaux de velours rouge voilaient les fenêtres, dont celle par laquelle j'avais agité une casquette de base-ball rouge dans le temps. La musique des Smiths faisait vibrer le plafond.

Je jetai un coup d'œil aux aiguilles phosphorescentes de ma Swatch. Vingt heures trente, déjà. Il était temps de partir. Je m'arrêtai un instant au pied du large escalier. Monter à l'étage serait extrêmement risqué. En même temps, je voulais tout voir. Une chance comme celle-ci se représenterait-elle un jour ?

La première pièce dans laquelle j'entrai était un grand bureau avec des livres partout : la bibliothèque privée des Sterling. Heureusement, le bibliothécaire n'était pas là. « J'aurais besoin de *Crime et Châtiment*... » Non, cela ne marcherait pas avec l'Affreux. Je regardai rapidement derrière les autres portes. Jamais je n'avais vu tant de salles d'eau dans un même étage ; on se serait cru dans un stade de football. Il y avait également une petite chambre d'amis au confort étonnamment spartiate, puisqu'elle ne contenait qu'un lit à une place. La chambre à coucher des parents, elle, abritait un énorme lit à baldaquin avec des colonnes et des rideaux noirs en dentelles. J'avisai une coiffeuse dépourvue de miroir ! Des peignes, des brosses, du vernis à ongles. Des noirs, des gris, des marron. Je m'apprêtais à ouvrir le placard lorsque la musique cessa. Des bruits de pas résonnèrent au-dessus de ma tête.

Je dévalai les marches à toute vitesse. Je ne me retournai pas et fis attention à ne pas trébucher et tomber comme ces filles dans les *Vendredi 13*. Je me jetai sur les verrous, mais mes doigts tremblaient de façon incontrôlable comme dans ces films d'horreur débiles. Je faisais beaucoup trop de bruit. Tandis que j'essayais d'ouvrir le verrou du haut, je vis tourner celui du bas.

Je filai dans le couloir où j'entendis soudain des bruits de pas. Alors je fis demi-tour et fonçai dans le salon. Comme je manquais de temps pour ouvrir la fenêtre, je me cachai derrière le rideau en velours rouge.

—Je suis rentré, annonça l'Affreux avec son accent roumain. *Wexley's* nous livrera les courses demain, comme d'habitude. Je vais me reposer, maintenant.

Personne ne répondit.

—À trois ans, il papotait comme ce n'était pas permis ; aujourd'hui, on dirait qu'il est devenu muet…, l'entendis-je marmonner en passant devant le grand escalier. Ah ! et il ne ferme jamais les portes, ajouta-t-il en poussant ce qui devait être celle du sous-sol.

Je m'extirpai du rideau, courus et tournai tous les verrous de la porte d'entrée en un temps record. J'étais sur le point de m'enfuir lorsque je sentis quelque chose de familier, une présence, encore une fois. Je tournai les talons. Il se tenait juste devant moi. Le gothique. Immobile, comme s'il respirait son invitée surprise.

Lorsqu'il me tendit la main pour me montrer que je ne devais pas avoir peur, je remarquai la bague. Il portait la bague araignée noire que j'avais donnée à l'Affreux le soir d'Halloween !

J'avais attendu toute ma vie que se produise un événement comme celui-ci. Voir, rencontrer, devenir l'amie de quelqu'un de différent, quelqu'un qui me ressemblerait. Soudain, la réalité de la situation me frappa.

J'avais été attrapée !

Je traversai la pelouse en courant, sautai sur le portail rouillé, escaladai, me hissai. Je passai mon pied botté de l'autre côté, regardai derrière moi et vis la silhouette distante du gothique dans l'encadrement de la porte. J'hésitai. Je me sentais attirée par ce manoir. Je regardai longuement le propriétaire avant de glisser jusqu'au sol.

J'avais trouvé ce que j'étais venue chercher.

14

Course-poursuite

Après avoir appelé Becky pour lui raconter en détail mon extraordinaire aventure, je fus incapable de m'endormir. Non pas à cause de la lune, mais à cause d'un garçon au regard profond, noir et rêveur. Jamais je n'avais vu cela. Mon cœur tournoyait autant que ma tête. Il était si beau. Ses cheveux, son visage, ses lèvres. La vision de sa main tendue m'avait bouleversée. Et il portait ma bague !

Pourquoi n'avait-il pas appelé la police ? Pourquoi portait-il ma bague ? Était-ce vraiment un vampire ? Quand le reverrais-je ? Mon gothique me manquait déjà.

Le lendemain matin, j'attendais Becky au parc Evans en faisant de la balançoire. Je me balançais très haut. J'étais encore toute chose à cause de la rencontre que j'avais faite la veille. Je freinai des deux pieds lorsque je la vis arriver. Avant de lui raconter encore une fois l'histoire incroyable qui m'était arrivée.

— Tu as eu de la veine de ne pas te faire tuer !

— Tu plaisantes ? Il était magnifique ! Toute ma vie j'ai espéré rencontrer quelqu'un d'aussi cool que lui !

— Alors, tu penses que les rumeurs sont fondées ?

— Je sais que ça paraît fou, mais ça se pourrait bien. J'ai vu trop de signes. Le dessin de Dracula, les bougies, les lunettes de soleil, les miroirs recouverts, l'arbre généalogique.

— Le fait que la mère soit allergique à l'ail et que les Sterling n'aient été vus que de nuit, ajouta Becky.

— Tu oublies la terre importée. Les vampires ont besoin de la terre de leur pays d'origine.

— Tu comptes appeler CNN ? me taquina-t-elle.

— Pas encore. J'ai besoin de plus de preuves.

— Tu vas encore me demander de passer par-dessus ce portail ?

Je recommençai à me balancer en pensant à Anne Rice, Bram Stoker, Bela Lugosi, aux *Prédateurs* de Tony Scott, à *Génération perdue* de Joel Schumacher et à tous les Nosferatu qui avaient gratifié le monde de leur sourire adorable et de leurs cheveux noirs et lisses.

— Non ! Je ne te demanderai rien, finis-je par répondre. (Elle soupira de soulagement.) Il n'y a qu'une seule manière d'en avoir le cœur net et de faire taire les colporteurs de ragots, pas vrai ? Alors, ces anges gothiques pourront dormir en paix, de jour comme de nuit ! plaisantai-je.

— Qu'est-ce que tu comptes faire ? Attendre qu'il se transforme en chauve-souris ?

— Non, je préférerais *me* transformer en chauve-souris !

— Il ne suffit pas de croiser son regard pour ça.

— Je ne te le fais pas dire ! Il n'y a qu'une façon de découvrir s'il est vraiment un vampire.

— Laquelle ?

— Me faire mordre ! criai-je, tout excitée.

— Tu veux qu'il te morde ? Tu es complètement folle !

— Folle de curiosité.

— Et si c'était vraiment un vampire ! Tu en deviendrais un, toi aussi ! Et après, tu ferais quoi ?

— Après, j'appellerais CNN.

Je quittai le parc en flânant, rêvant de mon prince des ténèbres, lorsque je vis une Mercedes noire disparaître derrière un virage à l'autre bout de ma rue.

Je courus aussi vite que possible, mais mes rangers n'étaient pas assez rapides pour rivaliser avec les roues et le moteur à explosion de la Mercedes, fût-elle conduite par l'Affreux.

À la maison, je fus accueillie par Nerd Boy, qui arborait un sourire démoniaque.

— J'ai quelque chose pour toi ! commença-t-il.

— Je te préviens, je ne suis pas d'humeur à jouer.

— On dirait que le facteur passe même le dimanche, maintenant. Un facteur qui ressemble beaucoup au majordome du manoir d'Halloween !

— Quoi ?

— Il a laissé une lettre pour toi !

— Donne-la-moi !

— Ça va te coûter cher !

— Si tu ne me la donnes pas tout de suite, il t'en coûtera ta tête ! hurlai-je en essayant de lui sauter dessus.

Il s'enfuit en courant et je me lançai à sa poursuite.

— De toute façon, je finirai par la récupérer ! Mais tu ne seras peut-être plus de ce monde pour le voir !

Si seulement j'étais restée à la maison, l'Affreux m'aurait donné cette lettre en main propre. Heureusement que mes parents étaient sortis déjeuner. Ils seraient devenus fous en ouvrant la porte à ce type âgé d'un million d'années venu parler à leur fille.

Nerd Boy m'agitait l'enveloppe rouge sous le nez et me provoquait à chaque tournant. Soudain, il s'engagea dans l'escalier. Je l'attrapai par le pied, le faisant tomber. Je le tirai vers moi, mais l'enveloppe était dans sa main tendue et je ne parvins pas à l'atteindre.

Je le gratifiai d'une grimace de requin pour bien lui faire comprendre que je n'hésiterais pas à lui arracher la jambe avec les dents si c'était nécessaire (on pouvait en effet se menacer ainsi entre frère et sœur sans risquer de finir en prison). Pris de panique, il usa de son pied libre pour m'obliger à lâcher prise. Il fonça, ferma la porte de sa chambre et la verrouilla.

Je frappai et frappai encore. Ma main était meurtrie, mais j'étais si furieuse que je ne sentais pas la douleur.

—Chère Raven, fit-il semblant de lire. Je t'aime et je veux que tu deviennes ma sorcière à moi et que nous fassions plein de bébés majordomes. Ton M. Bizarro qui t'aime fort.

—Donne-la-moi ! Tout de suite ! Tu ne sais pas de quoi je suis capable ! Demande à l'équipe de foot et tu verras ! Je peux faire de ta vie un enfer !

—Je te la rendrai à une condition.

—Combien ?

—Je ne veux pas d'argent.

—Alors quoi ?

—Je veux que tu me promettes...

—Crache le morceau !

—Je veux que tu me promettes de ne plus m'appeler « Nerd Boy ».

Le silence, des deux côtés de la porte.

Mon cœur se serra. De la culpabilité ? De la pitié ? Je l'appelais Nerd Boy depuis des années sans me douter qu'il en souffrait. Qu'il vivait déjà un enfer.

— Comment dois-je t'appeler alors ?

— Tu connais mon prénom, non ?

— Attends, je ne me rappelle plus…, le provoquai-je.

— Billy.

— Ah oui ! D'accord… Donne-moi la lettre et je ne t'appellerai plus Nerd Boy pendant un an.

— Tu ne m'appelleras plus *jamais* Nerd Boy.

— Plus jamais ?

— Plus jamais !

— D'accord, plus… jamais.

Il entrouvrit la porte et me tendit l'enveloppe. Il riva sur moi ses yeux d'un marron profond, ses yeux de petit frère.

— Tiens. Je ne l'ai pas ouverte.

— Merci. Tu n'aurais pas dû m'obliger à te courir après. J'ai eu une longue journée !

— Il n'est que midi !

— Justement ! (J'agrippai fermement l'enveloppe.) Merci, Nerd Boy.

C'était sorti tout seul. L'habitude était trop profondément ancrée.

— Tu m'avais promis ! cria-t-il en claquant la porte.

Je frappai doucement, ce qui réveilla néanmoins la douleur de ma main.

— Qu'est-ce qu'il y a, la Sorcière ? hurla-t-il. Comparé à toi, tout le monde est un nerd, tout le monde est un intello ! Laisse-moi tranquille et retourne dans ta grotte !

Comme la porte n'était pas verrouillée, j'entrai dans sa chambre. Je n'avais pas mis les pieds dans cette pièce depuis des années. Il y avait des photos de Michael Jordan et Wayne Gretzky sur les murs, ainsi que des millions de jeux vidéo par terre et sur le bureau, à côté de l'ordinateur. En réalité, Nerd Boy était un garçon intéressant.

— Merci pour la lettre, dis-je.

Assis derrière son ordinateur, la souris à la main, il ne réagit pas.

— Billy ! criai-je. (Il sursauta et me regarda d'un air paniqué.) J'ai dit merci. Je ne te serrerai pas dans mes bras. On attendra de passer à la télé pour ça.

Je me jetai sur mon lit et sa confortable couette noire, me couchai sur le ventre et examinai l'enveloppe rouge. Le message qui m'était adressé pouvait être de diverses natures ; je m'attendais à tout. « N'entrez plus dans notre propriété ou nous porterons plainte contre vous et vos parents. » Tout était possible.

Au moins, la menace serait en ma possession, en sécurité.

J'ouvris l'enveloppe avec circonspection. Je craignais le pire.

C'était une invitation !

« M. Alexander Sterling invite Mlle Raven Madison à dîner chez lui le 1er décembre à 20 heures. »

Comment connaissait-il mon nom ? Comment savait-il où j'habitais ? N'était-ce pas plutôt une plaisanterie ? Dans cette ville, cet État ou même ce pays, aucun garçon de dix-sept ans n'invitait une fille à dîner de cette façon. Cette invitation sortait tout droit d'un film de James Ivory avec Emma Thompson où tout le monde parlait avec un accent anglais et portait un corset trop serré, et où personne ne prononçait jamais le mot « amour ». C'était si médiéval, démodé, extraordinaire. C'était tellement romantique que ma peau me picota de partout.

Je vérifiai qu'il n'y avait pas d'autre message dans l'enveloppe, mais non… Même pas de « RSVP ». Ce n'était pas très poli. Il partait du principe que j'allais venir, et il avait raison. J'avais attendu cela toute ma vie.

• 15 •

Invitée gothique

Je ne pouvais pas parler à ma mère de ma mystérieuse invitation. Elle me dirait : « Non, tu n'iras pas. » Et moi je dirais : « Si, j'irai. » Elle me crierait après. Je m'enfuirais. Ce serait une scène très théâtrale. J'étais certaine que rien ne pourrait m'empêcher de me rendre à ce dîner jusqu'à ce que papa jette une grenade dégoupillée le matin du 1er décembre.

— J'emmène maman à Vegas ce soir ! m'annonça-t-il en me tirant par le bras. Ça s'est décidé au dernier moment. Notre avion décolle cet après-midi.

— C'est tellement romantique ! s'extasia maman en sortant une valise du placard de l'entrée. C'est la première fois que ton père prend une telle initiative pour notre anniversaire de mariage !

— Je te charge donc de veiller sur la maison et sur Billy, reprit papa.

— Veiller sur Billy ? Mais il a onze ans ! protestai-je en les suivant dans leur chambre.

— Appelle ce numéro en cas de souci, ajouta-t-il en me tendant un morceau de papier. Tu m'as prouvé que tu étais devenue quelqu'un de responsable en travaillant chez Janice. On sera de retour demain après le dîner.

— J'avais prévu des trucs, moi !

— Tu n'as qu'à proposer à Becky de venir dormir ici, dit-il en jetant une brosse à cheveux dans son sac. Tu vas toujours chez elle. Choisis un film qui vous plaira à tous les trois.

— Becky ? Tu penses peut-être que je n'ai pas d'autres amis ? Tu crois que je passe mon temps devant la télé ?

— Paul, tu crois que je devrais prendre celle-ci ? nous interrompit maman en brandissant une robe rouge sans bretelles.

— J'ai seize ans, papa ! J'ai le droit de sortir le samedi soir !

— Je sais, acquiesça maman en fourrant une paire d'escarpins dans son sac. Mais pas ce soir. Ton père me fait une surprise ! Ça n'était pas arrivé depuis l'université. Juste ce samedi, Raven, après tu auras tous ceux que tu voudras.

Elle m'embrassa sur le front, car elle n'attendait aucune réponse.

— J'appellerai à minuit pile, me prévint mon père. Histoire de m'assurer que Billy et toi vous entendez bien et que ma raquette de tennis est toujours dans son placard.

— Ne t'inquiète pas, je ne risque pas d'organiser une mégafête en ton absence, lâchai-je, en colère.

— Parfait. Il se peut que je joue la maison à la table de black-jack et je n'ai pas envie que tu la saccages.

Il ouvrit son placard et en sortit une veste. Dix-sept ans que mes parents étaient mariés, et il fallait que mon père choisisse de faire une surprise à ma mère justement ce soir.

Il était dix-neuf heures trente ce soir-là lorsque j'exposai la situation à Nerd Boy, enfin, à Billy Boy. Je portais ma plus belle tenue : minirobe sans manches en Spandex sur un top en dentelle noire, collant noir, rangers non abîmées, rouge à lèvres noir, boucles d'oreilles en argent et onyx.

— Je sors ce soir.

— Tu es censée rester à la maison. (Il examina ma tenue tel un père protecteur.) Tu sors avec un garçon !

— Pas du tout. Bon, il faut que j'y aille.

— Tu ne peux pas ! Je ne te laisserai pas sortir. Je le dirai à papa et maman.

Billy Boy aurait adoré rester à la maison tout seul, mais il aimait encore plus ce nouveau pouvoir qu'il pouvait exercer sur moi.

— Becky va venir passer un peu de temps avec toi. Tu l'aimes bien, non ?

— Oui, mais elle, est-ce qu'elle m'aime bien aussi ?

— Elle t'adore !

— C'est vrai ? demanda-t-il, le regard brillant.

— Je le lui demanderai quand elle sera là. « Becky, es-tu amoureuse de mon frère de onze ans ? »

— Nan ! Tu n'as pas intérêt !

— Alors, promets-moi de te tenir.

— Je vais le dire. Tu me laisses tout seul ! Et s'il m'arrivait quelque chose ? Je pourrais passer la soirée sur Internet et faire la connaissance d'une vieille folle qui voudra se marier avec moi !

— Ce serait une chance inespérée, dis-je en regardant par la fenêtre pour voir si Becky arrivait.

— Tu vas avoir des problèmes !

— Arrête de faire le bébé ! Montre à Becky tes jeux vidéo. Elle adore tout ce qui est aliens et vaisseaux spatiaux.

— Si tu t'en vas, j'appelle Las Vegas.

— Pas si tu tiens à la vie. S'il le faut, je t'attacherai à cette chaise.

— Alors vas-y, parce que je vais appeler !

Il courut pour attraper le téléphone sans fil.

— S'il te plaît, Billy, le suppliai-je. J'ai vraiment besoin de sortir. Un jour, tu comprendras. Billy…

Il se figea, le téléphone à la main. Il ne m'avait encore jamais entendue le supplier comme cela. Normalement, j'étais plutôt adepte de la menace.

— Bon d'accord, mais arrange-toi pour être rentrée avant minuit. Je n'ai pas envie d'avoir à raconter à papa que tu es dans la salle de bains ou je ne sais quoi.

Pour la première fois de ma vie, je pris mon frère dans mes bras. Je le serrai vraiment, comme le faisait Ruby. C'était le genre de geste qui vous permettait de sentir la chaleur de l'autre personne.

— Où est Becky ? Qu'est-ce qu'elle attend ? beugla-t-il, car on était du même côté, désormais. Il faut que tu partes !

Soudain, la sonnette retentit, et nous dévalâmes tous les deux l'escalier.

— Tu étais où ? demandai-je à Becky.

Becky entra avec nonchalance, une boîte de pop-corn à préparer au four à micro-ondes à la main.

— Je croyais que tu avais dit 20 heures.

— Je dois y être à 20 heures !

— Mince, moi qui pensais être en avance. Prends le pick-up, dit-elle en me donnant les clés.

— Merci. Comment tu me trouves ? lui demandai-je en rajustant ma tenue.

— Géniale !

— C'est vrai ? Merci !

— Tu ressembles à un ange de la nuit, ajouta mon petit frère.

Je me regardai dans le miroir de l'entrée et je souris. Peut-être était-ce la dernière fois que je voyais mon reflet.

— Amusez-vous bien et, surtout, prends bien soin de Billy.

— Qui ça ?

— Billy, mon frère.

Ils rirent tous les deux. J'attrapai ma veste et filai comme une chauve-souris.

D'horribles Dullsvilliens avaient peint « DEHORS LES MONSTRES ! » à la bombe sur le muret de la propriété des Sterling. Trevor, peut-être ? Ou quelqu'un d'autre. Je sentis un vide dans mon estomac.

Les Sterling ne devaient pas recevoir beaucoup de visiteurs, car ils n'avaient pas installé de sonnette. Étais-je supposée attendre devant le portail ou l'escalader ? Mais non, c'était ouvert. Pour moi. Je remontai l'allée sans lâcher des yeux la lucarne aveugle de la chambre, sous les combles, une chambre que j'espérais voir enfin de l'intérieur.

Tout pourrait arriver ce soir. Je ne savais vraiment pas à quoi m'attendre. Qu'allions-nous manger pour le dîner ? Que mangeaient les vampires ?

Je cognai doucement le heurtoir en forme de serpent.

La lourde porte s'ouvrit et l'Affreux me gratifia de son sourire craquelé.

— Heureux que vous ayez pu venir, commença-t-il avec son accent européen à couper au couteau. (On se serait cru dans un film d'horreur en noir et blanc.) Puis-je prendre votre manteau ?

Il emporta mon blouson en cuir quelque part.

J'attendis dans l'entrée, à l'affût du moindre danger. Où était donc celui qui m'avait invitée ?

— Alexander se joindra à vous dans quelques minutes, dit l'Affreux en revenant. Souhaitez-vous l'attendre dans le salon ?

— Pourquoi pas ?

Il me précéda dans une vaste pièce attenante à la salle à manger où je découvris deux fauteuils victoriens rouges et une chaise longue. Le seul objet qui ne paraissait pas vieux et poussiéreux était le piano quart de queue qui trônait dans un coin. L'Affreux s'éclipsa de nouveau, me donnant l'opportunité de fureter un peu. Il y avait des livres reliés de cuir imprimés dans une langue étrangère, des partitions poussiéreuses, de vieilles cartes jaunies… Et il ne s'agissait même pas de la bibliothèque !

Je passai la main sur le bureau en chêne poli. Quels secrets abritait-il dans ses tiroirs ? Alors je sentis la même présence invisible que lorsque j'avais visité le manoir la dernière fois. Alexander était arrivé.

Il était là, mystérieux et séduisant. Ses cheveux étaient brillants, et il portait une chemise en soie noire par-dessus son jean noir. Je voulus voir si la bague araignée était toujours à son doigt, mais il gardait ses mains derrière son dos.

— Désolée pour le retard. J'attendais la baby-sitter, avouai-je.

— Tu as un bébé ?

— Non, un frère !

— Bien sûr ! dit-il dans un éclat de rire maladroit qui redonna vie à son visage pâle.

Il était encore plus beau que Trevor, mais loin d'avoir son assurance ; il ressemblait davantage à un oiseau blessé qui avait besoin d'être soutenu. Comme s'il avait vécu toute sa vie dans un donjon et qu'il rencontrait un autre être humain pour la première fois. Communiquer avec autrui n'allait pas de soi. Il choisissait ses mots avec circonspection, comme pour ne pas avoir à regretter de les avoir prononcés.

— Je suis navré de t'avoir fait attendre, commença-t-il. Je suis allé te chercher ceci.

Il me tendit cinq fleurs sauvages.

Des fleurs ? Non ?!

— Elles sont pour moi ?

J'étais complètement bouleversée. J'avais l'impression que le monde tournait au ralenti. Je pris les fleurs en lui effleurant les mains. La bague araignée était bien là.

— C'est la première fois qu'on m'offre des fleurs. Ce sont les plus belles que j'aie jamais vues.

— Tu as sans doute eu des centaines de petits amis, poursuivit-il en regardant ses bottes. Je n'arrive pas à croire qu'on ne t'ait encore jamais offert de fleurs.

— Pour mes treize ans, ma grand-mère m'a envoyé des tulipes dans un vase en plastique jaune.

C'était complètement débile, mais je ne me voyais pas lui dire : « Mes petits amis ne m'ont jamais offert de fleurs parce que je n'ai jamais eu de petit ami ! »

— Les fleurs que nous offrent nos grands-mères sont spéciales, dit-il, énigmatique.

— Pourquoi cinq ?

— Une pour chaque fois que je t'ai vue.

— La bombe de peinture, ce n'était pas moi…

L'Affreux apparut soudain.

— Le dîner est servi. Voudriez-vous que je les mette dans un peu d'eau, mademoiselle ?

— S'il vous plaît, répondis-je, même si je n'avais pas envie de m'en séparer.

— Merci, Jameson, dit Alexander.

Il attendit que je sorte la première, comme dans un film avec Cary Grant, mais je ne savais pas trop de quel côté aller.

— J'ai pensé que tu connaîtrais le chemin, plaisanta-t-il. Tu voudrais boire quelque chose ?

— Oui, ce que tu voudras. (*Euh… attendez une minute, qu'est-ce que je viens de dire ?*) En fait, j'aimerais bien un peu d'eau.

Il réapparut quelques instants plus tard avec deux verres en cristal emplis d'eau.

— J'espère que tu as faim.

— J'ai toujours très faim, répondis-je d'un air coquin. Et toi ?

— Moi, j'ai rarement faim, mais j'ai toujours très soif !

Il me conduisit dans une salle à manger éclairée à la bougie et dominée par une longue table en chêne sur laquelle étaient disposés des assiettes en porcelaine et des couverts en argent. Il tira ma chaise avant d'aller s'asseoir à un million de kilomètres, à l'autre bout de la table. Le vase contenant les cinq fleurs qu'il m'avait offertes trônait au milieu et nous empêchait de nous voir correctement.

L'Affreux, enfin, Jameson, arriva en poussant une desserte dont les roues couinaient et me présenta un panier de petits rouleaux fumants. Il revint avec des bols de cristal emplis d'une soupe verdâtre. Étant donné le nombre de plats, la lenteur de Jameson et la longueur de la table, le repas risquait de durer des mois. Cela ne me dérangeait pas, car je n'avais aucune envie d'être ailleurs.

— C'est du goulasch hongrois, annonça Alexander tandis que je contemplais nerveusement la soupe épaisse.

Je me demandai ce que – ou qui – il y avait dedans… Alors je me rendis compte qu'Alexander et Jameson attendaient ma réaction ; je n'avais donc d'autre choix que de goûter.

— Miam ! m'exclamai-je en avalant une demi-cuillerée.

C'était infiniment meilleur que toutes les soupes en conserve que j'avais mangées, mais aussi cent fois plus épicé !

Comme j'avais la langue en feu, j'avalai mon eau d'une traite.

— J'espère qu'il n'est pas trop épicé, dit Alexander.

— Épicé ? m'écriai-je en écarquillant les yeux. Tu plaisantes !

Alexander fit signe à Jameson de m'apporter de l'eau. Une éternité plus tard, il réapparut avec un pichet. Je repris enfin mon souffle. Je ne savais pas quoi demander à Alexander, mais je voulais tout savoir de lui.

Apparemment, il avait encore moins d'amis que moi. Il avait vraiment l'air mal dans sa peau.

— Que fais-tu de tes journées ? l'interrogeai-je comme une animatrice de télévision qui tenterait de briser la glace.

— Je me posais la même question à ton sujet.

— Je vais au lycée. Et toi ?

— Je dors.

— Tu dors ? (*Pour une nouvelle !*) Vraiment ? insistai-je, sceptique.

— Pourquoi, tu trouves ça anormal ? demanda-t-il en repoussant maladroitement une mèche de cheveux de ses yeux.

— Disons que la plupart des gens dorment la nuit.

— Je ne suis pas la plupart des gens.

— C'est vrai…

— Et toi non plus, me dit-il en me regardant intensément. Je l'ai compris le soir d'Halloween lorsque je t'ai vue habillée en tenniswoman. En même temps, tu avais l'air un peu trop vieille pour aller chercher des bonbons dans le quartier. Et puis, personne d'autre que toi n'aurait pris cette tenue de tennis pour un déguisement.

— Comment as-tu trouvé mon nom, mon adresse… ?

— Jameson était censé te rendre la raquette de tennis, mais l'a donnée à ce footballeur blond qui a prétendu être ton petit ami. Je l'aurais cru si je ne t'avais pas vue lui casser la main et t'enfuir sans lui.

— Eh bien, tu as raison, il n'est pas mon petit ami. C'est juste un crétin du lycée.

— Fort heureusement, il a aussi donné à Jameson ton nom et ton adresse pour appuyer son histoire. Voilà comment je t'ai trouvée. À ce moment-là, je ne pensais pas que tu reviendrais fureter dans la maison.

Son regard rêveur me transperça.

— C'est que…

Notre rire résonna dans tout le manoir.

— Où sont tes parents ? demandai-je.

— En Roumanie.

— En Roumanie ? N'est-ce pas le pays d'origine de Dracula ? m'enquis-je, faussement innocente.

— En effet.

Mon regard s'éclaira.

— Vous êtes apparentés ?

— En tout cas, il n'est jamais venu à nos réunions de famille, plaisanta-t-il d'une voix nerveuse. Tu es vraiment une fille délirante. Tu redonnes de la vie à Dullsville.

— Dullsville ? Pitié ! « Pitié », c'est le nom que je donne à cette ville.

— Tu n'as pas tout à fait tort. Il n'y a pas de vie nocturne, ici, pas vrai ? Pas pour les gens comme toi et moi, en tout cas.

La vie nocturne. Les gens comme nous. Les vampires ? aurais-je voulu demander.

— La vie était plus agréable à New York ou à Londres, continua-t-il.

— Je suis certaine qu'il y a beaucoup de choses à faire la nuit, là-bas. Et beaucoup de gens comme nous, aussi.

À ce moment-là, Jameson revint pour prendre les bols de goulasch et nous servir du steak.

— J'espère que tu n'es pas végétarienne.

Je regardai mon dîner. Le steak était cuit à point, voire légèrement saignant, car son jus s'écoulait dans l'assiette jusqu'à la purée de pommes de terre.

Alexander était mystérieux, quoique plus drôle que je ne l'aurais cru. J'étais sous le charme de celui que j'essayais de voir à travers le bouquet de fleurs.

— Il a l'air délicieux, dis-je. (J'en pris une première bouchée.) Miam ! Excellent.

Soudain, il me lança un regard triste.

— Écoute, ça ne te dérange pas si… ? (Il prit son assiette et vint vers moi.) Je ne vois que ces fleurs des champs, qui sont pourtant moins jolies que toi.

Il posa son assiette à côté de la mienne et tira sa chaise en chêne jusqu'à moi. J'étais à deux doigts de m'évanouir. Nous mangeâmes en souriant, sa jambe frôlant légèrement la mienne. Mon corps était électrifié. Alexander était amusant, beau, maladroit, mais d'une manière sexy. Je voulais connaître toute l'histoire de sa vie. Qu'elle ait duré dix-sept ou dix-sept cents ans.

— Que fais-tu la nuit ? Où as-tu vécu ? Pourquoi n'es-tu pas inscrit au lycée ? déblatérai-je soudain.

— Doucement, doucement.

— Euh… Où es-tu né ?

— En Roumanie.

— Où est passé ton accent roumain ?

— Il est resté en Roumanie. Nous avons beaucoup voyagé.

— Tu n'es jamais allé à l'école ?

— J'ai toujours eu un précepteur.

— Quelle est ta couleur préférée ?

— Le noir.

Je me rappelai Mme Peevish. Je fis une pause et demandai :

— Tu as envie d'exercer quelle profession quand tu seras adulte ?

— Tu veux dire que je ne suis pas adulte ?

— Ça, c'est une question, pas une réponse, le taquinai-je.

— Et toi, tu veux faire quoi ?

Je plongeai dans ses yeux profonds, sombres et mystérieux et murmurai :

— Je veux être vampire.

Il me regarda d'un air curieux, mal à l'aise. Puis il rit.

— Tu es vraiment géniale ! (Puis il redevint sérieux.) Raven, pourquoi t'es-tu introduite chez moi l'autre soir ?

Gênée, je baissai les yeux.

Jameson arriva avec le dessert. Il craqua une allumette et des flammes jaillirent tout autour du gâteau.

— Dessert flambé ! annonça-t-il.

Juste à temps.

Alexander souffla les flammes et dit à Jameson que nous finirions le dîner dehors.

— J'espère que tu n'as pas peur du noir, me dit-il en me conduisant sous le kiosque défraîchi.

— Moi, peur ? J'adore le noir !

— Moi aussi, acquiesça-t-il en souriant. C'est la seule façon de voir les étoiles correctement.

Il alluma une moitié de bougie posée sur le garde-corps.

— Tu amènes toutes tes petites amies ici ? demandai-je en effleurant la bougie.

— Oui, rit-il. Et je leur lis des livres à la lueur de cette flamme. Qu'est-ce que tu préfères ? demanda-t-il en désignant une pile de manuels sur le sol. *Fonctions et Logarithmes* ? *Cultures des minorités ethniques* ? (J'éclatai de rire.) La lune est si belle ce soir, reprit-il en levant les yeux au ciel.

— Cela me fait penser aux loups-garous. Crois-tu qu'un homme puisse se changer en animal ?

— À condition d'être avec la bonne fille, oui ! (Je me rapprochai de lui. Son visage était faiblement éclairé par la lune. Il était magnifique. *Embrasse-moi, Alexander. Embrasse-moi maintenant !* pensai-je en fermant les yeux.) Nous avons l'éternité devant nous, dit-il soudain. Pour l'instant, profitons des étoiles.

Il posa son assiette à dessert sur le garde-corps, souffla la bougie et me prit rapidement la main. La sienne ne ressemblait ni à celle de Trevor ni à celle de Nerd Boy ; c'était la plus belle main du monde !

Nous nous allongeâmes dans l'herbe froide et contemplâmes les étoiles sans nous lâcher.

Nous nous détendîmes en silence. Nous nous réchauffâmes la main mutuellement. Je sentais sur ma peau les pattes fines de l'araignée qui lui ceignait le doigt.

J'avais envie de l'embrasser, mais il se contentait de regarder les étoiles.

— Qui sont tes amis ? lui demandai-je en le regardant.

— Je n'en ai pas.

— Je parie que tu as rencontré des tas de filles cool avant d'emménager ici.

— Cool, oui, peut-être, mais je préfère les filles qui vous aiment pour ce que vous êtes. Je préférerais une relation… durable.

Durable ? Durable comment ? Je n'osai pas le lui demander.

— Je voudrais pouvoir mordre à belles dents dans une relation.

Vraiment ? Eh bien, je suis celle qu'il te faut ! pensai-je. Mais Alexander ne se tourna pas vers moi ; il s'obstina à admirer les étoiles.

— Tu n'as donc *aucun* ami ici ? demandai-je en essayant de glaner plus d'informations.

— Presque.

— Tu parles de Jameson ?

— Je parle de quelqu'un qui met du rouge à lèvres noir.

Nous nous perdîmes dans la contemplation silencieuse de la lune. Je jubilais !

— Avec qui passes-tu ton temps ? finit-il par me demander.

— Becky est la seule personne qui m'accepte, et juste parce que je suis la seule qui ne la tabasse pas. (Nous rîmes tous les deux.) À part elle, tout le monde me trouve bizarre.

— Pas moi.

— C'est vrai ?

Personne ne m'avait jamais dit cela. Personne.

— Il semblerait que toi et moi nous ressemblions beaucoup. Tu ne me regardes pas avec des yeux ronds comme si j'étais un monstre.

— Je botterai le cul de quiconque te regardera de travers.

— Tu l'as déjà fait. Enfin, tu lui as donné un coup de raquette.

Nous éclatâmes de rire dans le clair de lune. Je l'étreignis de mon bras libre, qu'il caressa doucement.

— Ce sont des corbeaux ? demandai-je en désignant des créatures qui voletaient au-dessus du manoir.

— Ce ne sont pas des oiseaux, mais des chauves-souris.

— Des chauves-souris ! Je n'avais jamais vu de chauves-souris avant votre arrivée.

— Ouais, on en a trouvé quelques-unes dans le grenier. Jameson les a libérées. J'espère qu'elles ne te font pas peur. Ce sont des créatures fantastiques.

— J'imagine qu'il faut apprendre à les connaître.

— Ne t'en fais pas, elles ne descendent jamais en piqué pour s'emmêler dans les cheveux noirs de jais comme les tiens. Elles préfèrent les brushings ringards.

— Elles aiment la laque ?

— Elles détestent ça. Elles ont une véritable aversion pour les brushings !

Je ris. Il commença à me caresser doucement les cheveux. Son contact me calma. J'étais sur le point de fondre, d'être absorbée par le sol.

Il prenait beaucoup plus son temps que Trevor. Je caressai ses cheveux rendus soyeux par le gel.

— Les chauves-souris aiment-elles le gel ? m'enquis-je.

— Elles adorent le mariage du gel et de la chemise en soie noire Armani, plaisanta-t-il.

Je roulai sur lui et lui clouai les bras au sol. Il me regarda d'un air étonné et sourit. J'attendis qu'il m'embrasse, mais il ne fit pas un mouvement. Évidemment, puisque je l'empêchais de bouger ! Qu'est-ce que je pouvais être bête !

— Dis-moi ce que tu aimes chez les chauves-souris, Bat Girl, reprit-il.

— Elles volent, répondis-je, nerveuse.

— Tu voudrais voler ?

Je hochai la tête.

Il roula sur moi et m'immobilisa. J'attendis une nouvelle fois qu'il m'embrasse, mais il n'en fit rien et se contenta de me regarder dans les yeux.

— Et toi, Bat Boy, qu'est-ce que tu préfères chez les chauves-souris ?

— Mmmh…, réfléchit-il. Leurs dents de vampires, évidemment.

Je sursautai. Non pas à cause de ses paroles, mais parce qu'un moustique venait de me piquer dans le cou.

— N'aie pas peur, continua-t-il en serrant mes mains. Je ne vais pas te mordre. Pas encore, en tout cas.

Il rit de sa propre blague.

— Je n'ai pas peur, c'était juste un moustique ! expliquai-je en me grattant comme une folle.

Il examina la marque comme un médecin.

— Ça commence à enfler. Nous ferions mieux d'aller te chercher un peu de glace.

— Mais non, ça m'arrive tout le temps.

— Je n'ai pas envie que tu racontes à tes parents que tu as été mordue chez moi !

Je ne demandais qu'à crier au monde entier que j'avais été mordue, mais ce moustique était venu tout gâcher.

Il me conduisit dans la cuisine et appliqua de la glace sur la minuscule piqûre. J'entendis sonner la vieille pendule. Neuf coups… Dix coups… Non ! Onze coups… Zut ! Douze coups. Ce n'était pas possible.

— Il faut que j'y aille !

— Déjà ? s'étonna-t-il, déçu.

— Mon père peut appeler de Las Vegas d'une seconde à l'autre, et si je ne suis pas là pour répondre, je risque d'être éternellement privée dc sortie !

Si seulement je pouvais rester vivre avec Alexander dans les combles du manoir ! L'Affreux me servirait des céréales « Comte Chocula » tous les matins...

— Merci pour les fleurs, le dîner, les étoiles, dis-je près du pick-up de Becky en cherchant les clés dans mon sac.

— Merci d'être venue.

Il était si beau avec son air rêveur. Il semblait si seul aussi. Je voulais que mon vampire gothique m'embrasse tout de suite. Je voulais sentir sa bouche sur mon cou et son âme dans la mienne.

— Raven..., commença-t-il avec circonspection.

— Oui ?

— Tu aimerais... ?

— Oui ? Oui ?

— Tu accepterais... une nouvelle invitation ? Ou bien tu préfères t'introduire chez moi sans prévenir ?

— Invite-moi quand tu voudras, répondis-je.

J'attendis. S'il m'embrassait maintenant, nous serions unis pour la vie.

— Parfait, alors je te rappellerai.

Il m'embrassa doucement sur la joue. La joue ? Ce fut certes un baiser plus agréable et plus romantique que celui de Jack Patterson derrière le manoir. Et beaucoup plus romantique que Trevor me poussant derrière un arbre. Alors même que j'aurais préféré un vrai baiser, un baiser de vampire, son geste me changea. J'étais en train de me transformer. J'avais les yeux écarquillés, mes jambes se transformaient en guimauve, je fondais littéralement.

Sur le chemin du retour, je sentais toujours le contact de ses lèvres pleines et douces sur mon visage. Mon corps tout entier me picotait. L'excitation, le désir, la passion : des sentiments que je n'avais encore jamais éprouvés. Tandis que je grattais cette morsure dont il n'était pas responsable, je priai pour ne pas me transformer en moustique suceur de sang.

— Papa est en train d'expliquer à Becky les règles du black-jack, me lança Billy, inquiet, comme j'accourais à la maison. Il lui a déjà décrit tous les casinos de la ville et raconté l'histoire de Siegfried et Roy. Dépêche-toi, il n'y a plus d'hôtels sur le boulevard !

J'articulai en silence un « merci » à Becky et attrapai rapidement le téléphone.

— Becky est bien bavarde, commença papa. J'ignorais qu'elle était fascinée à ce point par Las Vegas. Elle n'aura qu'à venir avec nous quand on y retournera. Elle m'a dit que vous aviez passé la soirée à regarder des films de vampires.

— Ouais…

— *La Vengeance de Dracula*, pour la cinquantième fois ?

— Non, pas cette fois. Nous avons vu *Vampire Kisses*, un film récent.

— Et c'était bien ?

— Excellent. Je lui mets 6/5 !

16

Chocolat-vanille

Le lendemain, Becky et moi mangions des cônes («vanille royale» et «attaque de chocolat») devant la boulangerie *Shirley's.*

—Alexander est tellement rêveur! m'exclamai-je. Je sens encore le contact de ses lèvres sur ma joue. Becky, pour la première fois de ma vie, je n'ai plus envie de m'enfuir en courant de cette ville, car au sommet de Benson Hill vit le gothique de mes rêves! Je pense à lui tout le temps. J'aimerais tant que tu fasses sa connaissance! Tu verrais qu'il est hors du commun!

Soudain, une Camaro rouge se gara à notre hauteur.

—Matt a vu le pick-up de Becky devant le manoir des monstres, hier soir, commença Trevor d'un ton mauvais en venant vers nous.

Il regarda Becky droit dans les yeux et poursuivit:

— Alors, Igor, on a voulu repeindre le manoir ?

— Non, intervins-je, le sourire aux lèvres, car je pensais toujours à la soirée d'hier.

Pas question que je laisse Trevor gâcher ma bonne humeur.

— Tu n'étais pas en train de faire une bêtise, Mme Loup-garou ? continua Trevor sans lâcher Becky des yeux.

Elle semblait apeurée.

— Allons-y, Trevor, appela Matt.

— Nous adorerions discuter avec de charmants jeunes hommes comme vous, mais nous sommes en plein conseil d'administration, lui dis-je. Vous n'avez qu'à laisser un message à ma secrétaire.

— Depuis quand est-ce que Shirley met du Prozac dans ses glaces ? ricana Trevor. Tu serais incapable de reconnaître un charmant jeune homme s'il te mordait dans le cou ! (Je continuai de lécher le tour de mon cône.) Ou alors c'était toi ? reprit Trevor en me regardant. Tu ne peux pas t'empêcher de chercher les ennuis.

— Tu as oublié les parents de Becky. C'est leur voiture, après tout. Pas besoin d'être chercheur en mécanique des fluides pour comprendre ça.

— Je me disais juste que Becky et toi sortiez avec les Osbourne ! Oh ! j'oubliais ! Ozzie n'est pas un vampire ; il se contente d'arracher la tête des chauves-souris avec les dents !

— Je crois que ta maman t'appelle.

— Ils te ressemblent, en fait : ils sont pâles, moches et exclus de la société. Ils n'ont même pas encore essayé de s'inscrire au country club. Il est vrai que les vampires y sont interdits.

— Des vampires ? demandai-je, mal à l'aise. Qui a dit ça ?

— Mais tout le monde, abrutie ! « Les vampires Sterling ». Le type traîne dans les cimetières. À mon avis, ils se sont juste évadés d'un asile de fous, comme toi. Ce sont des tordus.

— Allez, Trev, dépêche-toi, on va rater l'entraînement, insista Matt.

— Maintenant je vois qui porte la culotte dans votre couple, lançai-je. J'avais oublié que la tienne était restée dans mon casier.

Trevor me prit le cône des mains.

— Eh ! rends-le-moi !

Finalement, il avait réussi à gâcher mon humeur, pourtant excellente.

Il lécha goulûment ma glace.

— Génial, maintenant, elle est pleine de microbes de snobinard. Tu peux la garder.

— Chérie, elle a été contaminée dès que tu as posé ton regard dessus.

— Allons-y, Becky, dis-je en la tirant par le bras.

— Vous partez déjà ?

— Je croyais en avoir fini avec toi ! criai-je.

— Fini ? Tu veux me briser le cœur, c'est ça ? Tu veux dire qu'entre toi et moi c'est terminé ?

— Grouille-toi, Trev, lança Matt. On a des trucs à faire.

— Je sais que tu adores ça, ma monstresse. Si je n'étais pas là, personne ne s'intéresserait à toi.

— Et je serais la fille la plus heureuse du monde.

— Monte dans la bagnole ! s'impatienta Matt.

— J'arrive, répondit Trevor en se penchant sur moi. Si tu veux vraiment être la fille la plus heureuse du monde, accompagne-moi au bal des Flocons.

Trevor voulait m'emmener danser ? et au bal des Flocons, en plus ? au lycée, avec ses stalactites en plastique au plafond, ses flocons suspendus aux poutres du gymnase, sa fausse neige sur le parquet ? Il accepterait de se présenter là-bas avec moi à son bras devant tous ses amis ? Les sportifs et les filles avec des coiffures à 100 dollars ? Ce devait être une plaisanterie. Je me ferais belle, j'attendrais chez moi, et il me poserait un lapin. Ou alors il me verserait un seau de gelée rouge sur la tête pour faire comme dans *Carrie*. Même s'il était sérieux, même si, par miracle, Trevor s'était vraiment mis à m'apprécier, je n'irais pas au bal avec lui. Pas maintenant que j'avais fait la connaissance d'Alexander Sterling.

— Ce sera une nuit inoubliable, reprit-il d'une voix rauque.

— Certainement, mais je n'ai pas envie de faire des cauchemars toute ma vie.

— Tu ne veux pas rater tes séries préférées, c'est ça ?

— Non, je vais bel et bien au bal.

Trevor ricana.

— Toute seule ? Ou alors avec une poupée gonflable ?

— J'ai un petit ami.

Becky en resta bouche bée, mais Trevor et elle n'étaient pas les seuls à avoir été surpris par ma réponse un peu hâtive.

— Dans tes rêves ! Je t'ai proposé de m'accompagner parce que tu me faisais pitié. Personne d'autre n'accepterait d'être vu en ta compagnie, à part un mort-vivant peut-être.

— Eh bien, on verra.

— Je m'en vais ! cria Matt dans la voiture. Tu viens, oui ou non ?

— Merci pour la glace, la folle, dit Trevor en montant dans la Camaro. Pour la prochaine fois : je préfère chocolat, noix et guimauve.

Je regardai ma glace à deux boules disparaître dans un crissement de pneus.

— Je te proposerais bien la mienne, mais je sais que tu n'aimes pas la vanille seule, s'excusa Becky.

— Merci, mais j'ai des problèmes plus importants à régler que ces histoires de crème glacée. Trouver un petit copain, par exemple !

Mon cœur s'arrêtait de battre à chaque sonnerie du téléphone. Était-ce Alexander ? Comme ce n'était jamais lui, mon cœur se brisait chaque fois en milliers de morceaux. Deux longues journées s'étaient écoulées depuis cette fameuse soirée. Je pensais à Alexander tout le temps, je rêvais à notre prochaine rencontre. Plus rien d'autre ne comptait. Je ne lavai pas l'endroit où ses lèvres tendres avaient touché ma joue. On aurait dit que je sortais tout droit d'un film de Gidget ! Que m'était-il arrivé ? Je perdais de mon acidité ! Pour la première fois de ma vie, j'avais vraiment peur. Peur de ne plus le revoir, peur d'être rejetée.

Si je demandais à Alexander de m'accompagner au bal, il risquait de mal le prendre. « Quoi ? Moi, aller au bal avec toi ? » « Un bal de lycéens ringard ? Je vaux mieux que ça. Je pensais que toi et moi étions pareils. »

Je valais mieux que cela, en effet, même si je n'étais jamais allée à un événement de ce genre pour m'en rendre compte par moi-même. À la base, je me moquais pas mal du bal des anciens, du bal de fin d'année et autres. Je préférais rester à la maison avec Becky pour regarder *Les Monstres* à la télé. Sauf que Trevor m'avait poussée à contre-attaquer avec une arme que je n'avais pas en ma possession : Alexander.

Ne plus pouvoir manger, ni dormir, c'était nouveau pour moi. Sursauter à la moindre sonnerie de téléphone, hurler pour que Billy cesse de monopoliser la ligne, ne plus être capable de regarder *Nosferatu* sans pleurer ni d'écouter les chansons sirupeuses et à l'eau de rose de Céline Dion sans me dire qu'elles avaient été écrites spécialement pour moi… Je ne voulais plus de tout ça !

Je crois que certains appellent ça l'amour mais, pour moi, c'était l'enfer.

Alors, cela arriva. Après deux journées interminables, deux journées de tortures. Quand le téléphone sonna, je crus que c'était pour Billy, et quand il m'appela, je pensai que c'était Becky. J'étais prête à m'épancher, mais avant que j'aie eu le temps de dire quoi que ce soit, j'entendis sa voix rêveuse.

— Je ne pouvais plus attendre.

— Pardon ?

— C'est Alexander. Je sais que les garçons ne sont pas supposés rappeler tout de suite, mais je ne pouvais plus attendre.

— De toute façon, c'est une règle stupide. J'aurais pu déménager entre-temps.

— En deux jours ?

— Quoi, ça fait seulement deux jours ?

Il rit.

— Oui, moi j'ai eu l'impression d'attendre un an.

Sa dernière phrase me fit l'effet d'une lettre d'amour directement envoyée en plein cœur.

J'attendis qu'il continue, mais un long silence s'installa. C'était le moment idéal pour l'inviter au bal des Flocons. Au pire, il me raccrocherait au nez. Mes mains tremblaient et ma confiance faiblissait à mesure que je transpirais.

— Alexander… heu… J'ai quelque chose à te demander.

— Moi aussi.

— Je t'en prie.

— Non, les dames d'abord.

— Non, les garçons doivent prendre les choses en main.

— C'est vrai. (Un autre silence.) Eh bien… accepterais-tu de sortir avec moi… demain soir ?

J'eus un sourire ravi.

— Sortir ? Ouais, ce serait génial !

— À ton tour de me poser une question.

Je pris mon temps. *Je vais y arriver !* J'inspirai profondément.

— Est-ce que… ?

— Oui ?

— Est-ce que tu… ?

— Est-ce que je *quoi* ?

— Est-ce que tu aimes danser ?

— Oui, mais je ne savais pas qu'il y avait des clubs sympas dans cette ville. Tu en connais un en particulier ?

— Non… Mais je te préviendrai quand j'en trouverai un.

Non mais quelle poule mouillée !

— Super ! Je t'attends demain chez moi. Après le coucher du soleil.

— Après le coucher du soleil ?

— Tu m'as dit que tu étais une créature de la nuit, eh bien, moi aussi.

— Tu n'as pas oublié.

— Je n'ai rien oublié, dit-il avant de raccrocher.

• 17 •

Rendez-vous de rêve

Mon premier rendez-vous ! Becky disait que c'était le dîner au manoir mon premier rendez-vous, mais je n'étais pas d'accord. Ce soir, nous allions sortir : nous irions au cinéma, jouerions au minigolf, boirions un soda chez *Shirley's*. Je passai l'après-midi à discuter avec Becky, à spéculer sur les endroits où il m'emmènerait, sur la manière dont il serait habillé, sur le moment qu'il choisirait pour m'embrasser.

J'étais tellement excitée que je me rendis chez lui en courant. Je voulais rencontrer Alexander devant son portail en fer forgé. Maman serait devenue folle si elle avait su que j'avais rendez-vous avec le type de la maison hantée. Et je refusais de l'imaginer venant me chercher chez moi, papa lui posant des questions sur ses joueurs de tennis préférés et ses projets d'avenir. Je n'avais donc d'autre choix que de rencontrer mon Roméo sur son balcon.

Il était bien là, appuyé au portail, sexy dans son jean noir et son blouson en cuir noir, un sac à dos à la main.

— Nous allons marcher ? m'enquis-je.

— Non, pique-niquer.

— À cette heure-ci ?

— C'est l'heure idéale, non ?

J'acquiesçai et souris.

Je n'avais pas la moindre idée de l'endroit où Alexander comptait me conduire, mais j'imaginais sans peine la réaction des Dullsvilliens.

— Ça ne t'embête pas ? demandai-je en montrant le graffiti.

Il haussa les épaules.

— Jameson voulait passer une couche de peinture par-dessus, mais je l'en ai empêché. Les graffitis des uns sont les chefs-d'œuvre des autres.

Il me prit par la main et m'emmena dans la rue sans rien me dire de plus sur ce qu'il avait prévu pour la soirée. D'ailleurs, je me fichais de savoir où nous allions, du moment que c'était très loin et qu'il ne me lâchait pas la main.

Nous nous arrêtâmes devant le cimetière de Dullsville.

— Nous y voilà.

C'était mon premier rendez-vous et, *a fortiori*, mon premier rendez-vous dans un cimetière. Celui de la ville datait du début du XVIIIe siècle. Dullsville devait être beaucoup plus excitante à l'époque des pionniers : minuscules boutiques de vêtements, saloons, marchands, joueurs, sans compter ces bottes à lacets victoriennes tellement à la mode à l'époque.

— Tu viens ici avec toutes tes petites amies ?

— Tu as peur ?

— Je jouais ici, enfant. Mais jamais la nuit.

— Ce cimetière est sans doute l'endroit le plus vivant de cette ville.

Les rumeurs étaient donc fondées : Alexander se promenait dans le cimetière à la nuit tombée.

L'horrible portail était fermé à clé pour ne pas faciliter la tâche des vandales.

— Nous allons devoir l'escalader, dit-il, mais je sais que tu fais ça très bien.

— Nous risquons d'avoir des ennuis, remarquai-je.

— Alors qu'on ne risque rien en entrant chez les gens, pas vrai ? Ne t'en fais pas, je connais quelqu'un ici.

Un mort ou un vivant ? Un cadavre ? Peut-être Jameson était-il croque-mort… Au sens propre.

Alexander se retourna pendant que je passais par-dessus le portail avec difficulté, entravée par ma robe en Spandex.

Nous nous époussetâmes tous les deux, et il me reprit la main pour me guider dans l'allée centrale flanquée de pierres tombales qui semblait s'étirer sur des kilomètres.

Sur certaines, je reconnus le symbole de la peste qui avait fait des ravages dans la région au XIXe. Alexander marchait d'un pas vif comme s'il savait exactement où il allait.

Où m'emmenait-il ? Qui connaissait-il ici ? Y dormait-il ? M'y avait-il entraînée pour m'embrasser ? Allais-je devenir un vampire ?

Je ralentis. Avais-je réellement envie d'être un vampire ? de vivre dans un cimetière ? pour l'éternité ?

Je trébuchai sur le manche d'une pelle et tombai en avant. J'allais atterrir dans une fosse, mais Alexander me rattrapa par le bras. Juste à temps.

Je restai suspendue au-dessus du trou béant, le regard plongé dans les ténèbres.

— Ne crains rien, ton nom n'est pas gravé sur la pierre, plaisanta-t-il.

— Je devrais rentrer chez moi, dis-je nerveusement en époussetant ma robe souillée de terre tombale.

Mais il referma sa main puissante autour de la mienne et m'entraîna plus loin.

Nous nous retrouvâmes bientôt au sommet d'une petite butte, sous un énorme monument en marbre.

Il ramassa quelques jonquilles éparpillées par le vent et les replaça tendrement au pied de la stèle de la baronne Sterling.

— J'aimerais te présenter quelqu'un, commença-t-il, son regard doux passant de moi au monument. Grand-mère, voici Raven.

Je regardai les inscriptions sans savoir quoi dire, car c'était la première fois que je *rencontrais* une personne décédée. Qu'étais-je supposée répondre ? « On voit bien qu'il y a un air de famille » ?

Bien sûr, il n'attendait aucune réponse de ma part. Il s'assit simplement dans l'herbe et m'attira près de lui.

— Grand-mère vivait ici. Enfin, je veux dire dans cette ville. Elle nous a légué la maison et nous avons enfin pu emménager après des années de problèmes juridiques. J'ai toujours adoré le manoir.

— Waouh ! la baronne était ta grand-mère ?

— Je viens la voir quand je me sens seul. La solitude, elle savait ce que c'était. Elle ne s'entendait pas très bien avec les Sterling. Grand-père est mort à la guerre. Elle disait que je la faisais penser à lui. (Il prit une profonde inspiration et leva les yeux vers les étoiles.) C'est magnifique, ici, tu ne trouves pas ? Il n'y a pas de lumière artificielle pour polluer celle des étoiles. L'univers est comme une gigantesque toile parsemée de points de lumière qui brillent et scintillent, un tableau constamment suspendu au-dessus de nous et qui ne demande qu'à être observé. Les gens ne le remarquent plus parce qu'ils sont trop occupés. C'est le plus beau de tous les chefs-d'œuvre. Enfin presque…

Nous gardâmes le silence pendant quelques minutes en contemplant le ciel. J'entendais le bruit de sa respiration lente et le chant des criquets. Tous les premiers rendez-vous devraient être aussi merveilleux que celui-ci. En comparaison, voir un film en avant-première n'avait aucun intérêt.

— Donc ta grand-mère était la dame qui regardait par la… Enfin, je veux dire…

— C'était une véritable artiste. Elle m'a appris à peindre des super-héros et des monstres. Beaucoup de monstres !

— Je sais.

— Tu sais ?

— Je veux dire : je sais que ça doit être dur pour toi. En tout cas, j'aime les vampires aussi !

Mais il pensait déjà à autre chose.

— J'ai beaucoup voyagé, et comme je ne suis jamais allé à l'école, je n'ai pu m'intégrer nulle part.

Il semblait si seul, si perdu, si attendrissant. Je voulais qu'il m'embrasse tout de suite. Je voulais qu'il sache que j'étais sienne pour l'éternité.

— Mangeons, dit-il en se relevant.

Il mit cinq bougies noires dans des bougeoirs votifs superbement ouvragés et les alluma avec un vieux briquet. Puis il déballa une bouteille de jus de fruit pétillant, des crackers et du fromage, et étendit une nappe en dentelle noire sur l'herbe froide.

— Tu as déjà été amoureux ? demandai-je comme il remplissait mon verre en cristal. (Soudain, il y eut un hurlement et les bougies s'éteignirent.) Qu'est-ce que c'était ?

— Un chien, je crois.

— On aurait plutôt dit un loup !

— Dans tous les cas, nous ferions mieux d'y aller ! me pressa-t-il.

J'entrepris de tout fourrer dans le sac à dos.

— Nous n'avons pas le temps ! lança-t-il en me prenant par la main.

Le vent hurlait de plus belle. Le vacarme devenait assourdissant.

Nous nous cachâmes derrière le monument.

— Si c'est un fantôme que vous êtes venus voir, tonna une voix familière, vous risquez de rencontrer les vôtres !

Arriva un homme avec une lampe torche. C'était le vieux Jim, le fossoyeur. Il était accompagné de Luke, son danois.

S'il me trouvait et me reconnaissait, je serais obligée de lui fournir une année entière de biscuits pour chien pour qu'il ne dise rien à mes parents.

Nous risquâmes un regard dans leur direction et vîmes le chien laper du jus de fruit dans l'herbe.

— Donne-moi ça ! cracha le vieux Jim en ramassant la bouteille.

Il avala une longue gorgée de boisson gazeuse.

— Maintenant ! chuchota Alexander.

Il serra ma main plus fort et nous courûmes, puis sautâmes par-dessus la clôture.

Un véritable fantôme ou un loup revenu des enfers ne m'auraient pas fait plus peur que le vieux Jim et Luke.

— Finalement, j'aurais peut-être mieux fait de t'emmener au cinéma, dit Alexander dans un sourire lorsque nous eûmes repris notre souffle. Je te raccompagne chez toi.

— Nous ne pourrions pas plutôt aller chez toi ? le suppliai-je. J'ai envie de voir ta chambre !

— Tu ne peux pas voir ma chambre.

— Nous avons le temps.

— Non, répondit-il d'un ton péremptoire que je ne lui connaissais pas.

— Qu'y a-t-il dans ta chambre, Alexander ?

— Et dans la tienne, Raven ? rétorqua-t-il en me regardant dans les yeux. Allez, je te raccompagne.

— Euh… d'accord… (Il avait raison. Je ne pouvais pas l'emmener chez moi ni le présenter à Billy ou à mes parents si propres sur eux. Pas le soir de notre premier rendez-vous.) Ma chambre est très mal rangée…

— La mienne aussi.

— Mais je ne suis pas obligée de rentrer tout de suite.

— Je ne veux pas te causer d'ennuis.

— J'y arrive très bien toute seule. Le jour où je n'aurai plus d'ennuis, ma mère ne me reconnaîtra pas.

Malheureusement, les rues que nous arpentions main dans la main menaient chez moi, et même si je m'efforçai de réduire la cadence, le moment arriva trop vite où nous nous retrouvâmes devant ma maison à devoir nous souhaiter bonne nuit.

— Eh bien… à la prochaine…, dit-il, le visage luisant dans l'éclairage du porche.

— On pourrait aller à la morgue.

— Je me disais qu'on pourrait regarder un film chez moi.

— Tu as la télévision ? Il faut l'électricité pour ça, tu es au courant ?

— Tu me taquines. J'ai le DVD de *Dracula* avec Bela Lugosi, si tu veux savoir. Toi qui aimes les vampires…

— *Dracula ?* Génial !

— Alors ça marche. Dix-neuf heures demain, chez moi ?

— Super !

Nous étions convenus d'un autre rendez-vous et il ne nous restait plus qu'à nous dire au revoir. C'était le moment idéal pour un premier baiser. Il posa la main sur mon épaule et se pencha sur moi, les yeux fermés, les lèvres pleines.

Soudain, les verrous de la porte cliquetèrent. Alexander s'éloigna de la lumière et se cacha dans les buissons.

— Il me semblait bien que j'avais entendu des voix, dit maman en ouvrant la porte. Où cst Becky ?

— Chez elle.

Ce qui était la vérité.

— Je n'aime pas que tu sortes sans me prévenir, me gronda-t-elle en ouvrant la porte en grand pour m'inviter à entrer.

Je regrettai qu'elle ait interrompu ce moment extraordinaire, qu'elle ne l'ait pas laissé durer quelques secondes de plus. Je me tournai vers les buissons.

— Vous êtes allées voir un film ? me demanda-t-elle comme je passai le pas de la porte à contrecœur.

— Non, maman, nous sommes allées au cimetière.

— Pour une fois, j'aurais aimé que tu ne me fasses pas une réponse tordue !

Pour une fois, je lui avais répondu franchement.

Je regardai une dernière fois par-dessus mon épaule pour apercevoir le petit ami gothique de mes rêves, mais elle referma la porte sur ce premier rendez-vous enchanteur.

18

Folie cinématographique

J'étais toujours en retard pour tout : le dîner, l'école et même le cinéma. Ce soir-là, cependant, j'étais en avance, car j'arrivai au manoir à 18 h 45. Alexander m'accueillit lui-même et m'embrassa poliment sur la joue. Je fus aussi étonnée que lui par cette marque inattendue d'affection.

— Ça n'arrivait jamais quand Jameson venait m'ouvrir !

— J'espère bien. Nous avons conclu un marché, lui et moi : je n'embrasse pas ses copines et il n'embrasse pas les miennes !

Alexander rayonnait encore plus que le soir où je m'étais introduite dans le manoir et où il m'avait tendu sa main ornée de ma bague. Il avait gagné en confiance.

Il me précéda dans le grand escalier et me conduisit dans un salon empli d'œuvres d'art moderne : des tableaux fleuris, une reproduction de la boîte de soupe Campbell's d'Andy Warhol, des statuettes représentant des poupées Barbie, des tapis duveteux aux couleurs éclatantes et sauvages. Il y avait un canapé en cuir noir, une énorme télé, une table basse en verre avec un saladier plein de pop-corn, des chocolats couverts de sucre glace, des Tic Tac réglisse, des bonbons Haribo et deux verres vert fluorescent emplis de soda.

— Je voulais que tu te sentes comme au cinéma, dit-il.

Il mit en route le lecteur de DVD, éteignit la lumière, et nous nous installâmes confortablement dans le canapé. J'attrapai les chocolats et lui un paquet de Haribo. Le pop-corn était posé entre nous.

Dracula s'apprêtait à mordre goulûment Lucy lorsque Alexander détourna doucement mon visage de l'écran.

Il plongea son regard noir et intense dans le mien. Se pencha vers moi. Et m'embrassa. Avec passion. Il m'embrassa ! Il m'embrassa enfin ! Devant *Dracula* ! Devant Bela Lugosi !

Il m'embrassa comme s'il me buvait, comme s'il déversait son amour dans mon cœur et mes veines. Tandis que je reprenais ma respiration, il entreprit de goûter mes oreilles, de les mordiller doucement. J'eus un petit rire idiot. Ses lèvres et ses dents glissèrent jusqu'à mon cou, sa bouche m'insufflant une passion absolue. Il me mordillait et cela me chatouillait. J'étais totalement sous le charme.

Je dépliai maladroitement les jambes sur la table basse, renversant son verre et le couvrant de pop-corn. Surpris, Alexander sursauta et enfonça ses dents si fort dans mon cou que je criai.

— Oh ! non ! je suis désolé ! s'excusa-t-il. (Il y avait du pop-corn partout et mon cou pulsait au rythme des battements de mon cœur.) Raven, je t'ai fait mal ?

Mon sang quitta mon cerveau, la pièce se mit à vaciller et je me sentis nauséeuse. Alors il arriva ce qui devait arriver à n'importe quelle fille stupide et surexcitée : je m'évanouis.

Quelques secondes qui parurent des heures plus tard, je me réveillai au son de la voix d'Alexander. Dracula était encore dans la chambre de Lucy. La seule différence, c'était que la lumière était allumée.

— Raven ? Raven ?

— Que s'est-il passé ?

— Tu t'es évanouie ! Je croyais que ça n'arrivait que dans les vieux films ! Tiens, bois un peu.

Il porta un verre à mes lèvres comme si j'étais un bébé.

Le visage livide d'Alexander avait encore pâli. Il prit des glaçons renversés sur la table et me rafraîchit le cou.

— Je suis vraiment désolé ! Je ne voulais pas…

— Eh ! c'est froid !

— J'ai tout gâché, poursuivit-il en tenant les glaçons dégoulinants dans mon cou.

— Mais non, ça m'arrive tout le temps. (Il eut un regard sceptique.) Enfin, pas vraiment, juste avec toi.

— Je ne voulais pas te faire mal. (Du bout des doigts, il suivit les contours de la meurtrissure.) Heureusement, je n'ai pas percé la peau.

— Ah…, fis-je, déçue.

— Je t'ai laissé une plus grosse marque que le moustique. C'est même un sacré suçon !

— Bela serait fier de toi, lançai-je en profitant de sa réaction.

— Oui, acquiesça-t-il. Sans doute.

— J'ai quelque chose à te demander, dis-je avec nervosité tandis qu'il me raccompagnait chez moi.

Je n'aurais pas d'autre occasion de l'inviter au bal des Flocons. Ce serait maintenant ou jamais.

— Tu ne veux plus qu'on se voie ? Écoute, Raven…

— Non. C'est juste que… je voulais te demander de…

— Oui ?

— Euh… je sais où nous pourrions aller danser.

— Danser ? Dans cette ville ?

— Oui.

— Et c'est bien ?

— Non, mais…

— Si tu y vas, j'imagine que c'est l'endroit le plus cool du monde.

— C'est mon lycée.

— Le lycée ?

— Je savais que tu trouverais ça complètement nul. Je n'aurais pas dû t'en parler.

— Je ne suis encore jamais allé à un bal de ce genre.

— C'est vrai ? Moi non plus.

— Alors ce sera une première pour nous deux, dit-il avec un sourire sexy et subitement confiant.

— C'est sûr. C'est le « bal des Flocons ». Je pourrai porter une écharpe en laine pour dissimuler ma morsure, plaisantai-je.

— Je suis navré. C'était un accident.

— C'est le plus bel accident qui me soit jamais arrivé !

Il se pencha pour m'embrasser, mais se ravisa.

— Je ne devrais pas.

— Oh si !

Il se pencha de nouveau, me prit délicatement le menton de sa main puissante, et nos lèvres s'unirent.

— En attendant qu'on se revoie, murmura-t-il en m'embrassant une dernière fois.

Il me souffla un ultime baiser lorsqu'il eut rejoint sa voiture.

J'effleurai l'endroit où il m'avait mordue. Je savais que j'étais déjà en train de changer, mais je voulais me regarder dans un miroir pour m'en assurer.

Le lendemain, Becky et moi nous rendîmes au parc Evans juste après les cours. Dans un coin sombre de l'aire de jeu déserte, nous ouvrîmes nos sacs à dos. Mon appareil photo, mon journal et un petit miroir étaient étalés devant nous. Enfin, Becky posa sur le sol un bol Tupperware contenant une gousse d'ail et une bourse en cuir renfermant une croix.

— Prête à voir la morsure ?

— Elle est grave ?

— C'est ma blessure d'amour, répondis-je en dénouant avec précaution l'écharpe noire que j'avais portée toute la journée.

— Waouh ! il a une grande bouche ! s'exclama-t-elle, les yeux écarquillés.

— Cool, non ?

— Je vois les marques de ses dents, quelques griffures, mais pas de perforations. Tu as eu mal ?

— Pas du tout. C'est un peu comme se faire percer les oreilles ; ça pique sur le coup, mais après, tu ne sens plus rien.

— Parce que tu t'es évanouie quand on t'a percé les oreilles ?

— Ne fais pas ta maligne !

— La marque va s'estomper ?

— Justement, c'est ce que nous allons tâcher de découvrir. Prends l'appareil photo.

Becky photographia la blessure de face et de côté. Nous posâmes les Polaroid sur le béton en attendant que les images se révèlent.

— Tu es bien sur les photos, annonça Becky.

— D'accord. Maintenant, le miroir.

— Tu es sûre ?

— Oui.

— Mais, si tu es... enfin, si tu es vraiment devenue... Tu pourrais le regretter.

— Becky, nous n'avons pas toute la journée.

Je retirai mes lunettes de soleil.

— Prête ? demanda-t-elle en prenant le miroir de poche.

— Prête.

Elle l'ouvrit et me le mit dans le nez.

— Aïe !

— Oh non !

— Tu n'étais pas censée me frapper avec ! Donne-moi ça !

J'attrapai le miroir d'une main tremblante et ouvris bien grands les yeux. Rien. Ou plutôt tout. Mon reflet était bien visible.

— Essaie l'ail ! lui ordonnai-je en jetant le miroir.

Becky ouvrit le Tupperware et coupa la gousse en deux.

— Maintenant ? demanda-t-elle.

— Oui.

Je sentais déjà l'odeur de l'ail. Elle me le mit sous le nez. Je pris une profonde inspiration. Et fus prise d'une quinte de toux.

— Tu te sens bien ?

— Eh ! il est fort ! C'est dégoûtant ! Éloigne-le, s'il te plaît !

— Il est frais, c'est pour ça.

— Éloigne-le !

— Moi, j'aime bien. Ça me débouche les sinus.

— Ouais, eh bien, je n'ai pas besoin de me décongestionner les naseaux ! Ce truc est censé me mettre en colère, me rendre folle !

— Il nous reste une arme à essayer. (Elle ouvrit la bourse.) Prête ?

J'inspirai profondément.

— Vas-y !

Elle produisit une croix ornée de pierres suspendue à une chaîne en or.

— Wouah ! elle est belle ! Ce n'est pas une croix ordinaire !

— Elle te fait quelque chose ?

— Oui. Grâce à elle, je me rends compte que j'ai été bête !

Nous émergeâmes au soleil et fûmes aveuglées toutes les deux.

— Le soleil fait mal quand on est resté longtemps à l'ombre, remarqua Becky en chaussant ses lunettes de soleil. (Elle me considéra avec soulagement.) Je ne pense pas que tu sois un vampire.

— Qu'est-ce que je m'imaginais ? Alexander est si spécial. Pourquoi dois-je me comporter comme Trevor ?

Toutes les deux, nous regardâmes le soleil en plissant les yeux.

— Je me suis laissé embringuer par ces rumeurs. Comme n'importe quel Dullsvillien. Je ne vaux pas mieux qu'eux, pas vrai ? Nos vêtements sont différents, mais je suis tout aussi vide et creuse qu'eux, lançai-je, honteuse.

— Tu voulais qu'il soit un vampire parce que tu adores les vampires !

— Merci. Peut-être que je devrais attendre quand même vingt-quatre heures, dis-je comme nous prenions la direction de la maison.

Je fus réveillée par le soleil du matin. Non seulement ses rayons ne me brûlaient pas la peau, mais, en plus, ils me réchauffaient agréablement. Non seulement les miroirs n'éclataient pas comme ils le faisaient devant Gary Oldman dans *Dracula*, mais mon reflet n'avait pas changé : j'étais toujours une jeune femme à la peau pâle et aux vêtements noirs. Et je n'avais pas soif de sang, mais d'une boisson pétillante au chocolat de chez *Shirley's*.

Et pourtant les battements de mon cœur s'accélérèrent quand maman servit des linguine à l'ail ce soir-là. Tout le monde me regarda tandis que je jouais avec le contenu de mon assiette, le reniflant, inspirant à pleins poumons.

— Qu'est-ce qui t'arrive ? me demanda Billy Boy. Tu te comportes encore plus bizarrement que d'habitude.

J'entortillai quelques pâtes autour de ma fourchette et les portai à ma bouche.

— Quand faut y aller…

Mes parents me dévisageaient comme si j'étais une extra-terrestre. Les pâtes entrèrent en contact avec ma langue ; je les mâchai et les mâchai encore, avant de les avaler d'un seul coup.

— Comment ça « quand faut y aller » ? demanda ma mère.

J'inspirai profondément. Je m'étais attendue que ma gorge brûle et que ma peau ondule. J'avais craint de m'étouffer et de suffoquer à la première bouchée d'ail. Ce n'était pas arrivé. Rien. Il n'était rien arrivé.

— « Quand faut y aller… » ? insista maman.

— Eh bien, quand faut y aller, faut y aller et avouer que nous avons là un nouveau repas de gourmets signé Sarah Madison !

Même si je ne fondais pas au soleil, si je ne faisais pas exploser les miroirs et si l'odeur de l'ail ne m'indisposait pas outre mesure, je sentais la puissance d'Alexander d'une manière différente. Je marchais sur l'eau, j'avais l'impression de pouvoir voler comme une chauve-souris. Impossible de dormir la nuit; mon cerveau marchait à cent à l'heure, je rêvais de lui, me repassais encore et encore la scène du baiser. Pendant les cours, je griffonnais nos prénoms entourés de cœurs dans tous mes manuels. Je voulais être avec lui tout le temps. Il était mon Alexander et cela me suffisait amplement. Drôle, intelligent, prévenant, solitaire, beau, rêveur : Alexander. Il était encore plus incroyable et plus exceptionnel que je ne l'avais imaginé.

J'étais heureuse de changer, même si ce n'était pas de la manière dont j'avais rêvé pendant des années. J'étais contente que mes miroirs ne se brisent pas, car ils me renvoyaient le reflet d'une fille amoureuse et rayonnante. Pourquoi passerais-je ma vie dans un cimetière quand je pourrais habiter avec Alexander dans sa petite chambrette ? Je ne voulais plus fuir la lumière du jour, mais admirer un coucher de soleil hawaïen en sa compagnie. Je ne voulais plus boire du sang, mais siroter du soda dans les verres fluo d'Alexander. Je voulais continuer de profiter des choses que j'avais toujours aimées (les glaces, les films d'horreur, la balançoire au crépuscule), et je voulais les partager avec lui.

— J'ai entendu dire que tu sortais avec le vampire, me dit Trevor la veille du bal des Flocons, tandis que Becky et moi marchions dans le hall du lycée après le déjeuner. (Des affiches annonçant la soirée étaient suspendues au plafond et collées aux murs.) Ça ne te suffit pas d'être un monstre et d'avoir un troll pour meilleure amie ? Maintenant, il faut que tu sortes avec un fou ? On ne t'a jamais dit que le manoir était hanté ?

— Cesse de parler de ce que tu ne connais pas ! Tu n'as même pas rencontré Alexander.

— Oh ! Alexander ! Le monstre a donc un prénom. Je croyais que tu l'appelais Frankenstein, tout simplement. Si je le croise un jour, je lui botte le cul et je le chasse de cette ville. J'ai envie de pouvoir me balader la nuit sans crainte !

— C'est moi qui te botterai le cul si jamais tu l'approches. Si tu oses poser les yeux sur lui, même.

— S'il te ressemble, il me faudra des lunettes de soleil pour me protéger de sa laideur aveuglante.

Le principal Smith arriva.

— J'espère que tout se passe bien entre vous deux. Nous n'avons pas encore de budget pour racheter des casiers.

Puis il passa un bras autour des épaules du débile et poursuivit :

— J'ai entendu dire que tu avais marqué le but de la victoire hier, Trevor.

Ils s'en furent tous les deux, le principal Smith entamant avec un Trevor prisonnier une conversation sur le sport.

— Comment sait-il que je sors avec Alexander? demandai-je à Becky, stupéfaite.

— Euh... les gens... Tu sais que les habitants de cette ville sont bavards.

— Je sais surtout qu'ils sont stupides.

— Écoute, Raven, il faut que je te dise quelque chose..., commença-t-elle d'une voix encore plus fébrile que d'habitude.

Une affiche annonçant le bal attira mon attention. « Billets à vendre. Économisez 5 dollars en réservant à l'avance. »

— Des billets ? Mince ! Je ne savais pas qu'il fallait des billets d'entrée ! Et je dois les commander sur Ticketnet ? Payables en ligne ? (Je ris.) Voilà ce que c'est que d'être une marginale.

— En effet. Et ça ne s'arrange pas.

— Peut-être qu'ils sont déjà tous vendus et qu'on sera forcés de danser dans le parc du lycée, plaisantai-je.

Becky, elle, ne plaisantait pas.

— Il vaudrait peut-être mieux qu'Alexander et toi dansiez tous seuls au manoir.

— Et que je rate la tête que fera Trevor quand il me verra arriver au bras d'Alexander ?

—Trevor sait beaucoup de choses…, me dit-elle, énigmatique.

—Eh bien, comme ça, il sera admis dans une bonne université, mais ça ne m'intéresse pas.

—J'ai peur de lui. Son père possède la moitié de notre ferme.

—La canne ou le sucre ?

—Il faut que je t'avoue quelque chose…

—On verra ça dimanche. Oublie Trevor. C'est une vulgaire brute.

—Je ne suis pas aussi forte que toi. Je ne l'ai jamais été. Tu es ma meilleure amie, mais Trevor sait comment faire parler les gens. Je t'en prie, ne va pas à ce bal, insista-t-elle en me prenant par le bras.

Soudain, la cloche sonna.

—Je dois y aller. Si je suis encore exclue du cours, je risque d'être interdite de bal.

—Mais, Raven…

—N'aie pas peur, fillette, je te protégerai contre les monstres.

• 19 •

Le bal des Flocons

Comment rester tranquillement assise en classe après ça ? Je séchai donc les cours de maths, d'histoire, de géographie et d'anglais et me cachai sous les gradins du terrain de football où je composai des poèmes pour Alexander. Puis je rentrai en courant à la maison et dansai dans ma chambre. J'essayai tous mes vêtements, testai un million de combinaisons avant de trouver l'ensemble idéal.

— Tu te sens bien ? me demanda Billy en passant la tête dans l'embrasure de la porte.

— Oh ! je saute partout et je danse, c'est tout !

Je lui pris la tête à deux mains et l'embrassai sur le front.

— Tu es complètement folle ?

Je lâchai un profond soupir.

—Tu comprendras un jour, mon précieux frère. Tu rencontreras quelqu'un qui saura parler à ton âme. Alors ta vie deviendra excitante et paisible à la fois.

—Tu veux dire quelqu'un comme Pamela Anderson ?

—Non, plutôt une fille qui aimera les maths et les ordinateurs autant que toi.

Le regard de Billy Boy se perdit dans le lointain.

—Ce serait génial, à condition qu'elle ressemble à Pamela Anderson !

—Elle sera encore plus belle ! ajoutai-je en lui ébouriffant les cheveux. Maintenant, laisse-moi, je dois me préparer pour le bal.

—Tu vas à un bal ?

—Oui.

—Euh... (Il pensait que sa grande sœur allait s'humilier et cette idée ne lui était pas désagréable, je le voyais.) Euh... ce sera toi la plus belle, là-bas.

—Tu as pris de la drogue, dis-moi la vérité !

—Tu seras la plus belle de toutes les filles qui auront du rouge à lèvres noir.

—Ah ! cela te ressemble beaucoup plus !

Je pus enfin parader dans la cuisine vêtue de bottes à talons hauts en vinyle, d'un collant à mailles larges, d'une minijupe noire, d'un débardeur noir en dentelle et de bracelets en métal noir. Une écharpe en cachemire noir dissimulait ma morsure et des mitaines en cuir noir révélaient mon vernis à ongles noir. Celui-ci scintillait comme de la glace noire et rappelait le thème de la soirée.

— Où comptes-tu aller habillée comme ça ? me demanda maman.

— Je vais à un bal.

— Avec Becky ?

— Non, avec Alexander.

— Qui est Alexander ?

— L'amour de ma vie !

— Quelqu'un parle d'amour ? (Papa entra dans la cuisine.) Raven, où est-ce que tu vas accoutrée comme ça ?

— Elle dit qu'elle va danser avec l'amour de sa vie, expliqua maman.

— Tu n'iras nulle part fagotée de la sorte ! Et qui est l'amour de ta vie ? Un garçon du lycée ?

— Alexander Sterling, proclamai-je.

— Tu veux dire le fils Sterling, celui du manoir ?

— Le seul et unique !

— Pas le fils Sterling ! s'exclama maman, sous le choc. J'ai entendu des horreurs à son sujet ! Il traîne dans les cimetières et n'a jamais été vu en plein jour, comme un vampire.

— Vous croyez peut-être que j'irais danser avec un vampire ? (Ils me regardèrent tous les deux d'un air étrange et ne dirent rien.) S'il vous plaît, ne soyez pas comme tous les autres habitants de cette ville ! criai-je.

— Ma puce, il se raconte des choses dans toute Dullsville, chuchota maman. Encore hier, Natalie Mitchell me disait…

— Maman, tu préfères croire Natalie Mitchell ou ta fille ? Cette soirée est très importante pour moi. C'est aussi la première fois qu'Alexander se rend à un bal. Il est rêveur et tellement intelligent ! Il aime l'art, la culture…

— Les cimetières ? proposa papa.

— Il n'est pas comme on le raconte ! C'est le gars le plus extraordinaire de tout le système solaire. Après toi, bien sûr.

— Dans ce cas, amusez-vous bien.

— Paul !

— Mais pas dans ce déguisement, ajouta aussitôt papa. Sarah, je suis content qu'elle aille au bal. C'est la première fois qu'on n'a pas besoin de la forcer à aller au lycée. C'est la chose la plus normale qu'elle ait faite depuis longtemps. (Maman lui fit les gros yeux.) Mais pas dans ce déguisement, répéta-t-il.

— Papa, cette mode fait fureur en Europe !

— Nous ne sommes pas en Europe, mais dans une petite ville où la mode est aux cols roulés, aux chemises boutonnées jusqu'au menton, aux manches et jupes longues.

— Sûrement pas ! protestai-je.

— Ce garçon n'est pas sorti de sa chambre depuis des années, et tu vas le laisser aller au bal avec ta fille habillée comme ça ? demanda maman. Paul, réagis, fais quelque chose.

Mon père ouvrit le placard de l'entrée.

— Tiens, mets ça ! dit-il en me présentant une veste de sport. Elle est noire. (Je le regardai, incrédule.) C'est ça ou mon peignoir de bain noir.

J'attrapai la veste à contrecœur.

— J'imagine que le gars le plus extraordinaire de tout le système solaire va passer te chercher et que nous allons faire sa connaissance…, lança maman.

— Tu rigoles ! Bien sûr que non !

— Il est vrai que nous ignorions jusqu'à son existence il y a encore quelques minutes et que nous ne savions même pas que tu allais danser.

— Je vous connais, vous allez lui poser plein de questions et le mettre mal à l'aise. Et me mettre mal à l'aise par la même occasion…

— C'est le but, justement. Si ton petit copain est capable de résister aux questions embarrassantes de tes parents, alors il est digne de toi, me taquina papa.

— Ce n'est pas juste ! Vous voulez peut-être vous inviter, aussi ?

— Oui ! répondirent-ils à l'unisson.

— C'est monstrueux ! C'est la plus belle soirée de ma vie, et vous allez tout gâcher ! (J'entendis une voiture se garer dans l'allée.) Il est là ! criai-je en regardant par la fenêtre. Soyez sympas, s'il vous plaît ! suppliai-je en courant partout. Rappelez-vous votre jeunesse ! Pensez à vos colliers de perles et aux concerts de Joni Mitchell, à vos pantalons à pattes d'éléphant et à l'encens. Oubliez les tenues de golf et la porcelaine ! Et surtout, ne parlez pas de cimetières !

Je voulais que cette soirée soit parfaite, comme s'il s'agissait du jour de mon mariage. En même temps, j'avais envie de prendre la poudre d'escampette, de fuir le curé, les invités et le buffet.

Je compris que mes parents étaient sur le point de rencontrer mon petit copain, et mes mains se mirent à trembler. J'espérais qu'il accepterait de s'asseoir sur leurs guillerets meubles couleur pastel.

Lorsqu'il sonna à la porte, je me précipitai pour l'accueillir. Alexander était magnifique. Il portait un costume trois pièces noir brillant très chic rehaussé d'une cravate en soie rouge. Il ressemblait à un de ces basketteurs milliardaires qu'on invitait parfois à la télévision. Il tenait une boîte enveloppée dans un papier fleuri.

— Waouh ! lâcha-t-il en me regardant de la tête aux pieds.

Le regard noir, mon père me fit signe d'enfiler sa veste de sport, au lieu de quoi je la suspendis au dossier d'une chaise.

— J'aurais dû mettre un bonnet et des après-ski, commença-t-il maladroitement. Je n'ai pas trop respecté le thème de la soirée.

— Tu parles, tu seras le garçon le plus élégant du lycée, le complimentai-je en l'entraînant dans le salon. Je te présente Sarah et Paul Madison, mes parents.

— Très heureux de faire votre connaissance, dit Alexander, intimidé, en tendant la main.

— Nous avons beaucoup entendu parler de vous…, répondit maman en lui serrant la main sans aucun enthousiasme. (Je lui lançai un regard froid.) Asseyez-vous, je vous en prie. Voudriez-vous boire quelque chose ?

— Non, merci.

— Mettez-vous à l'aise, dit papa en désignant le canapé d'un geste du bras et en s'affalant dans son fauteuil beige.

Oh ! oh !… Jamais encore je n'avais ramené de petit copain à la maison, et je sentais que papa comptait en profiter un maximum. L'interrogatoire allait pouvoir commencer. Je priai juste pour qu'il se termine vite.

— Dites-moi, Alexander, comment trouvez-vous notre ville ?

— Parfaite, depuis que j'ai rencontré Raven, répondit-il poliment en me souriant.

— Comment vous êtes-vous rencontrés, puisque vous ne fréquentez pas le lycée ? Raven a négligé de nous raconter cette partie de votre histoire.

Oh ! non ! Je commençai à m'agiter sur ma chaise.

— Eh bien, nous nous sommes croisés par hasard. On s'est retrouvés tous les deux au même endroit, au même moment, vous voyez. Tout est une question de *timing* et de chance, comme on dit. Et je dois dire que j'ai beaucoup de chance depuis que j'ai rencontré votre fille. (Mon père fronça les sourcils.) Enfin, ce n'est pas ce que je voulais dire...

Il tourna son visage pâle vers moi et s'empourpra. J'essayai de ne pas éclater de rire.

— Que font vos parents, exactement ? Ils sont souvent en déplacement, semble-t-il.

— Mon père est marchand d'art. Il possède des galeries en Roumanie, à Londres et à New York.

— C'est très intéressant.

— C'est génial, mais il n'est jamais à la maison. Il vole toujours à gauche et à droite.

Maman et papa échangèrent un regard.

— Bon, on va devoir y aller ! les interrompis-je.

— Ah ! j'avais presque oublié, reprit Alexander avec maladresse en se levant. Raven, c'est pour toi.

Il me tendit la boîte au papier fleuri.

— Merci ! (J'eus un sourire nerveux, éventrai le paquet et en sortis un superbe petit bouquet de roses rouges.) Il est magnifique !

Je regardai mes parents, l'air de dire : « Vous voyez, je vous l'avais bien dit ! »

— C'est charmant ! s'exclama maman.

Je tins le bouquet sur mon cœur pendant qu'Alexander essayait de l'épingler, ce qui, le stress aidant, n'était pas facile.

— Aïe !

— Je t'ai piquée ? demanda-t-il.

— C'est juste mon doigt, ce n'est rien.

Il fixait un regard intense sur la goutte de sang au bout de mon doigt.

Maman bondit, attrapa un mouchoir en papier sur la table basse et s'interposa entre nous.

— Ce n'est rien, maman, juste un peu de sang. Je vais bien. (Je portai rapidement mon doigt blessé à ma bouche.) Nous ferions mieux d'y aller.

— Paul ! supplia maman.

Plus sage que maman, papa savait qu'il n'aurait rien pu faire.

— N'oublie pas la veste, se contenta-t-il de dire.

J'attrapai le vêtement en question, pris Alexander par la main et l'entraînai vers la porte, craignant que maman ne puisse s'empêcher de faire le signe de croix pour repousser le malin.

La musique résonnait dans le parking. Aucune Camaro rouge en vue. Nous étions en sécurité… pour le moment.

— N'oublie pas ta veste, me rappela Alexander comme je sortais de la voiture.

— Je compte plutôt sur toi pour me tenir chaud, répondis-je avec un clin d'œil en laissant le vêtement sur la banquette arrière.

Deux majorettes habillées pour affronter un climat arctique nous considérèrent avec horreur.

Je traînai Alexander loin d'elles et nous nous arrêtâmes bientôt devant l'entrée principale. Alexander était comme un enfant, curieux et nerveux. Il regardait le bâtiment avec intérêt, comme si c'était la première fois qu'il voyait un lycée.

— Nous ne sommes pas obligés d'y aller.

— Mais si, il n'y a pas de problème, promit-il en me serrant les doigts.

Deux sportifs qui discutaient dans le hall d'entrée interrompirent leur conversation en nous voyant arriver.

— Vous pouvez ramasser vos globes oculaires ! lançai-je aux curieux mal élevés en passant devant eux.

Alexander examinait tout ce qu'il voyait : les affiches du bal des Flocons, le tableau des annonces, l'armoire des trophées. Il caressa les casiers, toucha le métal froid.

— C'est exactement comme à la télé !

— Tu n'es jamais entré dans une école ?

— Non.

— Diantre ! tu es le gars le plus chanceux de la terre. On ne t'a jamais forcé à manger à la cantine. Tes intestins doivent être en super état !

— Si j'avais fréquenté le lycée, nous nous serions rencontrés plus tôt.

Je le serrai dans mes bras tout près de l'affiche sous laquelle Trevor et moi nous étions disputés la veille.

Monica Havers et Jodie Carter nous dépassèrent en nous regardant à deux reprises pour s'assurer qu'elles n'avaient pas la berlue. Je crus que leurs yeux allaient jaillir de leurs têtes vides de pom-pom girls comme des balles de ping-pong.

J'étais prête à cogner à la moindre parole de travers, mais je sentais à la pression de sa main sur mon poignet qu'Alexander voulait que je garde mon calme. Les deux filles chuchotèrent, gloussèrent et s'en furent vers le gymnase en jasant.

— Voici l'endroit où je n'apprends pas la chimie, annonçai-je en ouvrant la porte non verrouillée du laboratoire. Normalement, je m'introduis chez les autres par effraction ; là, c'est de la rigolade.

— À ce propos, je me demandais comment tu avais fait pour…

— Eh ! regarde ! l'interrompis-je en désignant les béchers disposés sur les tables du labo. Ces trucs contiennent des potions mystérieuses et parfois explosives, mais ça ne t'intéresse pas, pas vrai ?

— Au contraire ! rétorqua-t-il en soulevant un bécher et en l'examinant comme s'il contenait un vin précieux.

Je le forçai à s'asseoir derrière une table et écrivis son nom au tableau noir.

— Quelqu'un connaît-il le symbole chimique du potassium ? Levez la main avant de parler…

Il leva la main.

— Moi, madame, je sais !

— Oui, Alexander ?

— K.

— Correct, tu passes en classe supérieure !

— Mademoiselle Madison ? appela-t-il en levant de nouveau la main.

— Oui ?

— Vous pourriez venir, s'il vous plaît ? Je crois que j'ai besoin de vous. Vous pourriez m'aider ?

— Mais je viens tout juste de te donner un A !

— Oui, mais là, il s'agit d'une question d'anatomie.

Je m'approchai. Il me fit asseoir sur ses genoux et m'embrassa tendrement sur les lèvres.

Des filles gloussèrent en passant devant la porte ouverte.

— Nous ferions mieux d'y aller, suggéra-t-il.

— Mais non, ne t'inquiète pas.

— Je ne veux pas que tu sois exclue par ma faute. Et puis, le bal a commencé, ajouta-t-il en se relevant.

Je sortis donc du labo en tenant par la main le garçon dont la biochimie s'accordait le mieux avec la mienne et dont le prénom était toujours écrit sur le tableau noir.

À mesure que nous approchions du gymnase, les regards froids se multiplièrent. Tout le monde dévisageait Alexander comme s'il venait d'une autre planète. Et me dévisageait, moi, comme on le faisait d'habitude.

Mme Fay, mon très curieux professeur de mathématiques, collectait les billets à l'entrée.

— Je vois que tu es à l'heure, pour une fois, Raven. Dommage que l'algèbre ne t'intéresse pas autant que danser. Mais je ne connais pas ce jeune homme..., ajouta-t-elle en scrutant Alexander.

— C'est normal, il ne fréquente pas le lycée.

Prends ces billets et laisse-nous donc! Je sautai les présentations et tirai Alexander à l'intérieur.

Le bal des Flocons! Était-ce à cause de la présence d'Alexander ou bien du fait qu'il s'agissait de mon tout premier bal? En tout cas, jamais le blanc ne m'avait semblé si beau et si éclatant. Stalactites et flocons de neige en plastique pendillaient au plafond, tandis que le sol était couvert de poudreuse. De la neige artificielle semblait tomber du ciel. Tout le monde portait des robes d'hiver scintillantes, des pantalons en velours côtelé avec des pulls, des moufles, des écharpes et des bonnets. Les climatiseurs soufflaient un air frais qui me fit frissonner.

Le groupe de rock, les Push-ups, était habillé pour la circonstance lui aussi, avec bonnets et bottes fourrés. Les boissons étaient disposées sous le tableau d'affichage du score : granités, cidre et chocolat chaud.

Nous passâmes devant des grappes d'élèves, et j'entendis des murmures, des rires et des cris étouffés. Même les musiciens nous suivaient du regard.

— On va se servir en chocolat chaud avant que les élèves de terminale versent de l'alcool dedans ? proposai-je à Alexander pour détourner son attention.

— Je n'ai pas soif, répondit-il en examinant les danseurs.

— Je croyais que tu avais toujours soif ?

Le groupe commença à jouer une version électrique de *Winter Wonderland*.

— M'accorderez-vous cette danse ? lui demandai-je en lui offrant ma main.

Un sourire ravi aux lèvres, je guidai Alexander vers la piste de danse couverte de neige artificielle.

J'étais aux anges. J'avais le plus beau petit ami de toute la salle. Non seulement Alexander était superbe, mais en plus il dansait à merveille. Nous oubliâmes que nous étions des intrus ici et nous remuâmes comme des habitués dans un club à la mode. Les chansons se succédèrent et nous dansâmes sans nous arrêter. *Cold as Ice*, *Ice Cream*, *Frosty the Snowman*.

Le groupe commença à chanter *I Melt with You*. Le gymnase tournoyait tandis que des flocons minuscules et légers tombaient sur nous. Alexander et moi éclatâmes de rire en marchant sur un sportif complètement ivre qui battait des bras et des jambes, allongé dans la neige. Lorsque la musique s'arrêta, je serrai mon cavalier contre moi, comme si nous dansions en privé. Sauf que nous n'étions pas seuls, comme me le rappela bientôt une voix familière.

— L'asile est au courant de votre évasion ? demanda Trevor en apparaissant à côté d'Alexander.

Je conduisis mon petit ami à la table des rafraîchissements et attrapai deux granités à la cerise.

— Le gardien sait que vous êtes ici ? insista Trevor en nous poursuivant.

— Trevor, fiche le camp ! lançai-je en me dressant entre Alexander et lui.

— Oh ! c'est le mauvais moment du mois, mademoiselle « la fiancée de Frankenstein » ?

— Trevor, ça suffit !

Je ne voyais pas le visage d'Alexander, mais je sentais ses mains sur mes épaules. Il était prêt à me retenir.

— Mais ce n'est que le début, Raven ! N'y a-t-il jamais de bal, dans ton donjon ? Le pauvre est obligé de venir au lycée pour danser ! Mais c'est peut-être l'usage en enfer !

— La ferme ! Tu n'es pas venu avec ta petite copine ? Matt n'est pas là ? ajoutai-je, sarcastique.

— Pas mal, pas mal, acquiesça-t-il d'un ton approbateur. Elle est maligne, dit-il à Alexander, mais pas autant qu'elle le pense. Non, ma copine est là-bas…

Il désigna l'entrée du doigt.

Je tournai la tête et vis Becky qui se tenait, mal à l'aise, près de la porte. Elle était vêtue d'une longue jupe plissée, d'un pull rose pâle, de hautes chaussettes blanches et de mocassins.

Mon cœur s'arrêta de battre et j'eus la nausée.

— Je l'ai relookée un peu, reprit Trevor. Je me suis bien occupé d'elle, tu peux me faire confiance, chérie.

— Si tu la touches, je te tue ! hurlai-je en faisant mine de lui sauter dessus.

— Je n'en ai pas encore eu l'occasion, mais nous avons le temps. Le bal vient de commencer.

— Raven, que se passe-t-il ? me demanda Alexander en me forçant à lui faire face.

Trevor fit signe à Becky d'approcher. Elle s'exécuta sans me regarder. Trevor la prit par la main et lui déposa un tendre baiser sur la joue. Je me raidis et eus envie de vomir.

— Laisse-la tranquille !

Je saisis la main de Becky et tentai de l'éloigner de lui.

— Raven, c'est le type qui te harcelait ? me demanda Alexander.

— Tu veux dire qu'il ne sait pas qui je suis ? Qu'il n'est pas au courant pour nous ? demanda Trevor avec fierté.

— Il n'y a jamais eu de « nous » ! essayai-je d'expliquer. Il m'en veut parce que je suis la seule fille du lycée à ne pas craquer pour lui ! Alors il refuse de me foutre la paix. Trevor, comment oses-tu mêler Becky et Alexander à cette histoire ?

Becky ne parvenait pas à détacher ses yeux du parquet.

— Je crois qu'il est temps que tu laisses Raven tranquille, mon pote, menaça Alexander.

— « Mon pote » ? Mais dites-moi, je suis devenu l'ami du monstre sans même le savoir ! Si tu veux, on pourra jouer au foot ensemble. Mais attention, il faut porter une tenue réglementaire ! Les capes et les canines saillantes sont interdites ! Allez, retourne donc dans ton cimetière !

— Trevor, arrête ou je te fiche une raclée ! m'emportai-je.

— Ce n'est pas grave, Raven, intervint Alexander. Allons plutôt danser.

— Becky, éloigne-toi de ce type ! hurlai-je sans bouger d'un millimètre. Becky, dis quelque chose ! Qu'est-ce que tu attends ?

— Oh ! Becky n'a aucun mal à parler, reprit Trevor. Elle a même la langue bien pendue. C'est marrant comme les gens de cette ville sont incapables de garder un secret ! Il suffit d'évoquer la possibilité d'un incendie accidentel dans les champs de papa pour que les langues se délient ! lâcha-t-il en me regardant droit dans les yeux.

Puis il ajouta à l'intention d'Alexander :

— Tu apprendras très vite qui sont ces colporteurs de rumeurs.

Je me tournai vers Becky occupée à regarder ses mocassins.

— Je suis désolée, Raven, murmura-t-elle. J'ai essayé de te dissuader de venir ce soir.

— De quoi parle-t-il ? demanda Alexander.

— Partons, dis-je.

— Je parle de vampires ! répondit Trevor.

— De vampires ? s'étonna Alexander.

— Trevor, ferme-la !

— Je parle de rumeurs !

— Quelles rumeurs ? s'enquit Alexander. Je suis venu pour danser avec ma petite amie.

— Ta petite amie ? Alors c'est officiel ! Vous allez passer l'éternité ensemble ?

— Tais-toi ! lui ordonnai-je.

— Dis-lui pourquoi tu t'es introduite chez lui, dis-lui ce que tu as vu !

— Bon, on s'en va !

Je voulus partir, mais Alexander refusa de bouger.

— Dis-lui pourquoi tu t'es jetée dans ses bras, ajouta Trevor.

— Ne prononce pas un mot de plus !

— Dis-lui pourquoi tu es allée au cimetière avec lui.

— J'ai dit : « Ferme-la ! »

— Et pourquoi tu t'es évanouie, continua-t-il.

— Ta gueule !

— Et pourquoi tu te regardes dans un miroir toutes les heures !

— Qu'est-ce qu'il raconte ? demanda Alexander.

— Et explique-lui ça ! ajouta Trevor en jetant à Alexander les Polaroid de ma morsure.

Alexander attrapa une photo et l'examina.

— Qu'est-ce que c'est ?

— Elle s'est servie de toi, expliqua Trevor. J'ai lancé une rumeur qui a enflé, enflé. Je me suis arrangé pour que tout le monde en ville pense que tu étais un vampire. Et le plus rigolo, c'est que c'est ta chère Raven qui a le mieux mordu à l'hameçon !

— Arrête ! hurlai-je en lui jetant mon granité fondu au visage.

Trevor rit tandis que la glace pilée couleur cerise lui dégoulinait sur les joues. Alexander, lui, regardait la photo sans rien dire.

— Que se passe-t-il ? demanda M. Harris en nous rejoignant.

Alexander se tourna vers moi, incrédule et confus. Désespéré, il jeta un regard circulaire à la foule curieuse qui le dévisageait et attendait sa réaction. Alors il m'attrapa la main avec colère et m'entraîna à l'extérieur. Nous laissâmes la neige derrière nous et sortîmes dans la pluie.

— Attendez ! cria Becky en courant derrière nous.

— Que se passe-t-il, Raven ? me demanda Alexander sans faire attention à elle. Comment sait-il que tu t'es introduite chez moi ? Comment sait-il pour le cimetière ? Comment sait-il que tu t'es évanouie ? Et qu'est-ce que c'est que ça ? insista-t-il en me montrant la photo.

— Alexander, tu ne comprends pas.

— Tu ne m'as jamais dit pourquoi tu étais entrée chez moi.

Je ne détournai pas les yeux de son regard solitaire, profond et pensif. Je pensai à son innocence. À son sentiment de ne pas être à sa place. Je ne dis rien et le serrai de toutes mes forces.

Le Polaroid tomba de ses mains. Il me repoussa.

— J'exige que tu me dises la vérité.

Mes yeux s'emplirent de larmes.

— Je suis allée chez toi pour prouver que ces rumeurs n'étaient pas fondées. Pour les faire taire ! Pour que ta famille vive en paix.

— Je n'étais donc qu'une histoire de fantôme pour toi, une énigme à résoudre.

— Non ! Non ! Becky, dis-lui que ce n'était pas ça !

— C'est vrai ! confirma Becky. Elle parle de toi tout le temps !

— Je croyais que tu étais différente, Raven, mais tu t'es servie de moi. Tu es comme les autres.

Alexander tourna les talons, mais je l'attrapai par le bras.

— Ne pars pas, Alexander ! le suppliai-je. C'est vrai que j'ai cru aux rumeurs, mais j'ai ressenti quelque chose de spécial dès la première fois que je t'ai vu. C'est pour ça que j'ai fait tout le reste !

— Je croyais que tu m'appréciais pour ce que j'étais, pas pour l'idée que tu te faisais de moi. Ou pour ce que tu pensais vouloir devenir.

Il s'en fut en courant.

— Ne pars pas ! Alexander…

Il refusa de m'écouter. Il partit, s'en retourna à la solitude de sa chambre.

Je déboulai dans le gymnase comme une furie. Le groupe faisait une pause, et tout le monde me regarda traverser le parquet de la salle plongée dans le silence.

— *The end !* annonça Trevor en se mettant à applaudir. Le film est terminé ! Quelle magnifique production !

— Toi ! hurlai-je. (M. Harris vit que j'avais soif de sang et me retint.) Tu es le mal incarné, Trevor ! tonnai-je en tordant les bras pour tenter de me libérer de l'étreinte du professeur de sport. Trevor Mitchell, tu es un monstre !

(Je regardai les visages qui nous entouraient.) Vous ne voyez pas ? Vous avez rejeté la personne la plus généreuse, la plus aimable, la plus gentille et la plus intelligente de cette ville, tout en acceptant ce monstre vil et méchant, uniquement parce qu'il s'habille comme vous ! Trevor passe son temps à gâcher la vie des autres ! Et vous, vous le regardez jouer au football et faites la fête avec lui ! Vous tournez un ange en ridicule simplement parce qu'il s'habille en noir et ne fréquente pas le lycée !

Des larmes ruisselaient sur mes joues. Je m'enfuis.

Becky me suivit.

— Je suis désolée, Raven ! Vraiment désolée ! cria-t-elle.

Je fis comme si je ne l'avais pas entendue, fonçai jusqu'au manoir et escaladai avec difficulté le portail glissant. De gros papillons de nuit tournoyaient autour de la lampe du porche tandis que je cognais la porte avec le heurtoir en forme de serpent.

— Alexander, ouvre-moi ! Alexander !

Finalement, la lumière s'éteignit et les phalènes déçues me laissèrent seule. Je m'assis sur les marches et pleurai. Pour la première fois de ma vie, les ténèbres ne me furent d'aucun réconfort.

• 20 •

Game over

Je pleurai toute la nuit et n'allai pas au lycée le lendemain. À midi, je me rendis au manoir. Je secouai le portail et faillis bien le décrocher. Je finis par l'escalader et frappai de nouveau à la porte. Je vis les rideaux bouger derrière la lucarne, mais personne ne répondit.

De retour à la maison, j'appelai le manoir et tombai sur Jameson, qui me dit qu'Alexander dormait.

— Je lui dirai que vous avez appelé.

— S'il vous plaît, répétez-lui que je suis désolée !

J'avais peur que Jameson me déteste autant qu'Alexander.

J'appelai toutes les heures. Chaque fois, Jameson et moi avions la même conversation.

— À partir de maintenant, je suis scolarisée à la maison ! criai-je à ma mère lorsqu'elle essaya de me tirer du lit le matin suivant.

Alexander refusait de répondre à mes appels, et moi, je refusais de répondre à ceux de Becky.

— Je ne retournerai plus jamais au lycée !

— Tu t'en remettras, ma chérie.

— Et toi, tu te serais remise de la perte de papa ? Alexander est la seule personne qui me comprenne dans l'univers entier ! Et j'ai tout gâché !

— Non, c'est Trevor Mitchell qui a tout gâché. Tu as été gentille avec ce jeune homme. Il a eu de la chance de te trouver.

— Tu crois ? (Je me mis à pleurer, des larmes aussi grosses que le manoir.) Et j'ai ruiné sa vie !

Maman s'assit sur le bord de mon lit.

— Il t'adore, chérie, me réconforta-t-elle en me serrant dans ses bras comme si j'étais un vulgaire Billy Boy éploré.

Ses cheveux châtains sentaient son shampooing à l'abricot, et je discernais aussi le parfum doux et agréable de son eau de toilette. J'avais besoin de ma maman. J'avais besoin qu'elle me dise que tout allait s'arranger.

— J'ai bien vu à quel point il t'aimait quand il est venu à la maison, poursuivit-elle. C'est vraiment honteux, toutes ces choses que les gens racontent sur lui.

— Tu faisais partie de ces gens, dis-je dans un soupir. Et moi aussi…

— Non, ce n'est pas vrai. Tu l'aimes pour ce qu'il est vraiment.

— Oui, je l'ai aimé dès que… Et je l'aime toujours. Pour de vrai. Mais il est trop tard, maintenant.

— Il n'est jamais trop tard. Enfin, presque ! Mince, je suis à la bourre ! Je dois conduire ton père à l'aéroport.

— Appelle le lycée, ajoutai-je alors qu'elle refermait ma porte. Dis-leur que j'ai un chagrin d'amour !

Je tirai les couvertures sur ma tête, décidée à ne pas bouger avant la nuit. Je devais voir mon Alexander, je devais ramener son cœur pâle à la raison. Et lui demander pardon. Pas question de retourner au manoir, pas question de m'introduire chez lui. Cette fois-ci, il risquerait d'appeler la police. Mais je connaissais un endroit… Le seul autre endroit où j'aurais des chances de le trouver.

J'escaladai le portail du cimetière de Dullsville, un bouquet de narcisses dans mon sac à dos. Je marchai vite entre les pierres tombales en tâchant d'emprunter le chemin que nous avions pris ensemble. J'étais aussi excitée que nerveuse. Je l'imaginais m'attendant, puis courant à ma rencontre, me serrant comme un fou dans ses bras, me couvrant le visage de baisers.

Me pardonnera-t-il? me demandai-je. *Était-ce notre première ou notre dernière dispute?*

Je finis par trouver la tombe de sa grand-mère, mais Alexander n'était pas là.

Je posai les fleurs sur le marbre. J'avais mal au ventre et je n'étais pas loin de vomir.

Mes yeux s'emplirent de larmes.

— Grand-mère, commençai-je à voix haute en regardant autour de moi.

Personne ne pouvait m'entendre. Rien ne m'empêchait de crier si je le voulais.

— Grand-mère, j'ai fait une bêtise, une très grosse bêtise. Personne dans ce monde n'est plus accro à votre petit-fils que moi. Vous voulez bien m'aider? Il me manque tellement! Alexander pense que je le crois différent, ce qui est vrai! Mais je le crois différent des autres, pas de moi. Je l'aime. Pourriez-vous me donner un coup de main?

J'attendis un signe, de la magie, un miracle, un coup de tonnerre ou le passage de chauves-souris au-dessus de ma tête. Mais non, rien. Je n'entendis que le chant des criquets. Peut-être les miracles mettaient-ils du temps à se manifester. Je pouvais toujours rêver…

Le temps s'écoula et mon état ne s'arrangea pas. Un jour. Deux jours. Trois. Quatre.

— Tu ne peux pas m'obliger à aller au lycée ! criai-je tous les matins avant de me retourner et de me rendormir.

Jameson continuait à me répéter qu'Alexander ne pouvait pas me répondre.

— Il a besoin de temps, finit-il par m'expliquer. S'il vous plaît, faites preuve de patience.

Patience ? Il me demandait d'être patiente alors que la moindre seconde de séparation me faisait l'effet d'une éternité ?

Le samedi matin, je reçus une visite malvenue.

— Je te provoque en duel ! lança mon père en jetant sa raquette de tennis sur mon lit.

Il ouvrit les rideaux pour que la lumière du soleil m'aveugle.

— Va-t'en !

— Tu as besoin d'exercice, rétorqua-t-il en posant une jupe et un tee-shirt de tennis blancs sur ma couette. J'ai emprunté ça à maman ! Je me suis dit que tu n'aurais rien de blanc dans tes tiroirs. Allez, dépêche-toi ! On est censés être sur le court dans une demi-heure.

— Mais je n'ai pas joué depuis des années !

— Je sais. C'est pour ça que je t'ai choisie. J'ai envie de gagner aujourd'hui.

Et il sortit de ma chambre en fermant la porte derrière lui.

— Parce que tu crois que tu vas gagner ! hurlai-je.

Le country club de Dullsville était exactement comme dans mes lointains souvenirs : snobinard et ennuyeux. La boutique regorgeait de jupes et de chaussettes de marque, de balles fluorescentes et de raquettes hors de prix. Il y avait même un restaurant quatre étoiles où un verre d'eau coûtait 5 dollars. La tenue blanche de maman aurait pu faire illusion si je n'avais porté mon rouge à lèvres noir, mais papa ne dit rien, car il était heureux de me voir debout.

Je courus après chaque balle avec hargne, m'imaginant frapper la tête de Trevor Mitchell. Je cognai aussi fort que je pouvais, si bien que les projectiles atterrissaient soit dans le filet, soit dans la clôture.

— Avant, tu me laissais gagner ! protestai-je après que nous eûmes passé commande de notre déjeuner.

— Comment veux-tu gagner si tous tes coups finissent dans le filet ? Frappe un peu moins fort et essaie de prolonger l'échange.

— Ces derniers temps, je n'ai fait qu'envoyer la balle dans la mauvaise direction. Je n'aurais jamais dû permettre à Trevor de prendre le dessus sur moi. Je n'aurais jamais dû croire ces rumeurs ni avoir envie de leur prêter foi. Alexander me manque tellement !

Le serveur apporta ma salade composée et le sandwich thon-mayonnaise de papa. Je commençai à grignoter mes tomates, mes œufs et ma laitue romaine.

— Papa, tu crois que je rencontrerai quelqu'un comme Alexander, un jour ?

— À ton avis ? demanda-t-il en mordant dans son sandwich.

— Je ne crois pas. Alexander est unique. Il est spécial, un peu comme ces personnages de films ou de romans à l'eau de rose, un peu comme Heathcliff ou Roméo.

Mes yeux s'emplirent de larmes.

— Ça va aller, chérie, dit papa en me tendant sa serviette. Quand j'ai rencontré ta mère, j'avais des lunettes à la John Lennon et les cheveux jusqu'au milieu du dos. Je n'avais jamais vu de ciseaux ni de rasoir ! Son père ne m'aimait pas à cause de mon look et de mes idées politiques radicales. Mais elle et moi avions la même vision du monde, et c'était tout ce qui comptait. J'ai vu ta mère la première fois un mercredi sur la pelouse de l'université. Elle portait un pantalon à pattes d'éléphant marron et un dos-nu blanc, et elle enroulait une mèche de ses cheveux châtains autour de son doigt en contemplant le ciel. Je me suis approché et je lui ai demandé ce qu'elle regardait. « Une maman oiseau nourrit ses bébés, qu'elle m'a répondu. N'est-ce pas magnifique ? C'est un corbeau [1] ! » Puis elle a récité quelques vers d'Edgar Allan Poe. J'ai ri. Elle a demandé : « Pourquoi ris-tu ? » Je lui ai rétorqué

1. En anglais « *raven* ». (*NdT*)

qu'il s'agissait d'une corneille, pas d'un corbeau. Elle a ri et dit : « Ah ! je suppose que j'ai trop fait la fête hier soir ! Un corbeau, une corneille... Ce sont deux oiseaux magnifiques ! » Alors je lui ai répondu que, oui, ils étaient magnifiques, mais bien moins beaux qu'elle.

— Tu as dit ça ?

— Je n'aurais pas dû te raconter tout ça. Surtout le passage sur la fête !

— Maman m'a raconté comment vous aviez choisi mon prénom, mais elle ne m'a jamais parlé d'une fête.

Je remerciai le ciel que mes parents aient vu un corbeau, ce jour-là, et pas un écureuil. Le résultat aurait été catastrophique.

— Papa, qu'est-ce que je peux faire ?

— Tu vas devoir répondre à cette question toute seule. Quand la balle rebondira de nouveau dans ton camp, évite de l'envoyer dans les nuages. Ouvre grands les yeux et ajuste ton coup de raquette.

Je laissai tomber la salade, car j'avais du mal à avaler les crudités et la métaphore sportive en même temps.

J'étais complètement perdue. Je ne savais pas quoi faire. Devais-je avancer sur la balle ou bien attendre qu'elle arrive sur moi ? Mon père était en train de discutailler avec un ami lorsque j'entendis une voix dans mon dos.

— Tu as joué une sacrée partie, Raven !

Je me retournai et vis Matt accoudé au comptoir.

—Je ne sais pas jouer du tout, tu veux dire, répondis-je, étonnée, en cherchant Trevor du regard.

—Je ne te parle pas de tennis.

—Je ne comprends pas.

—Je te parle du lycée, de Trevor. Ne t'inquiète pas, il n'est pas ici.

—Tu es venu chercher la bagarre ? demandai-je en serrant fort le manche de ma raquette. Ici, au club ?

—Non, je suis venu pour mettre un terme à tout ça. Je veux dire : ce qu'il vous fait subir, à toi, à Becky. Et même à moi, qui suis pourtant son meilleur ami… Tu nous défends tous quand tu te dresses contre lui. Dire que tu ne nous aimes même pas ! (Il rit.) C'est vrai que nous n'avons pas été sympas avec toi, mais cela ne t'empêche pas d'affronter Trevor à notre place.

—C'est un sketch ? demandai-je en cherchant des caméras cachées.

—Avec tes vêtements bizarres et ton attitude, tu apportes un peu de fantaisie à cette ville. Tu te moques de ce que pensent les gens, alors que c'est ce qui obsède les habitants de Dullsville.

—Trevor est caché dans la boutique de souvenirs ?

J'examinai le moindre recoin.

—Beaucoup de gens ont ouvert les yeux le soir du bal des Flocons. Trevor a utilisé le lycée tout entier ; on peut même dire qu'il s'est moqué de nous tous. Je crois pouvoir dire que nous nous sommes enfin réveillés.

Je compris alors qu'il n'y avait pas de caméras et que Trevor n'était pas caché à proximité. Matt ne plaisantait pas.

— J'aurais aimé qu'Alexander t'entende, répondis-je. Je ne l'ai pas revu depuis, et je crains de ne plus jamais le revoir. Trevor a tout gâché, ajoutai-je, les larmes aux yeux.

— Qu'il aille au diable !

Plusieurs personnes se retournèrent, car on ne jurait pas dans l'enceinte du club, sauf sur le court, quand on manquait la balle.

— Il faut que j'y aille, Raven. À plus !

Matt s'en fut.

— J'aimerais te présenter une vieille connaissance, Raven, dit mon père en me rejoignant en compagnie d'un homme au bronzage impressionnant.

— Je suis content de te voir, Raven. Ça fait un bail. Tu as grandi. Sans ton rouge à lèvres, je ne t'aurais pas reconnue. Tu te souviens de moi ?

Comment aurais-je pu l'oublier ? Ma première incursion dans le manoir, la fenêtre du sous-sol, la casquette rouge. Le baiser chaleureux sur la joue de la part d'un nouveau essayant de s'intégrer.

— Jack Patterson ! Bien sûr, mais j'ai du mal à croire que toi, tu te souviennes de moi.

— Je ne t'oublierai jamais !

— Comment se fait-il que vous vous connaissiez ? s'enquit mon père.

— On s'est croisés à l'école, répondit Jack avec une lueur dans l'œil. Alors, où en es-tu, aujourd'hui ? me demanda-t-il. On raconte que tu entres dans le manoir par la porte principale, maintenant.

— Eh bien, c'était le cas, mais…

— Jack est revenu en ville récemment pour reprendre le magasin de son père, expliqua papa.

— Ouais, rends-moi visite un de ces quatre. Je te ferai une ristourne.

— Tu vends des rangers et du maquillage noir ?

Jack Patterson éclata de rire.

— Décidément, tu ne changeras jamais ! (Soudain, Matt refit son apparition.) Tu es prêt, Matt ?

— Vous vous connaissez ? m'étonnai-je.

— On est cousins, répondit Jack. Heureusement que je suis revenu ; ses fréquentations ne me plaisent pas beaucoup.

• 21 •

Obscurité et lumière

Samedi soir. Vêtue de mon tee-shirt The Cure et d'un short noir, je regardais *Dracula* au ralenti. J'appuyai sur le bouton « Pause » au moment où Bela se penchait sur une Helen Chandler endormie et me rappelai le soir où Alexander m'avait embrassée sur son canapé de cuir noir. Le regard triste rivé sur l'écran, j'attrapai d'autres mouchoirs en papier.

La sonnette m'arracha à ma transe et à mon autoapitoiement.

— Quelqu'un va ouvrir ? criai-je avant de me rappeler que ma famille était au cinéma.

Je regardai par le judas : rien. Je regardai à nouveau et vis la petite Becky sur les marches.

— Qu'est-ce que tu veux ? demandai-je en ouvrant la porte.

— Habille-toi !

— Je pensais que tu étais venue t'excuser…

— Je suis désolée, mais tu dois me faire confiance ! Tu dois te rendre au manoir tout de suite !

— Va-t'en !

— Raven, il faut y aller !

— Que se passe-t-il ?

— S'il te plaît Raven, dépêche-toi !

Je courus à l'étage, enfilai un tee-shirt et un jean noirs.

— Vite !

Je descendis les marches quatre à quatre. Elle m'attrapa par le bras et me tira dehors. Nous montâmes dans le pick-up de son père. Je la bombardai de questions, auxquelles elle refusa de répondre.

J'imaginai le manoir couvert de graffitis, les fenêtres brisées, Trevor et ses copains sportifs tabassant un Alexander ensanglanté. Puis une autre image horrible. Et silencieuse. Un panneau « À VENDRE » dans le jardin et même plus de rideaux noirs derrière la lucarne de la chambre d'Alexander.

Becky s'arrêta un pâté de maisons avant le manoir.

— Qu'y a-t-il ? demandai-je. Pourquoi tu ne te gares pas plus près ?

En descendant de la voiture, je vis plusieurs véhicules stationnés le long du trottoir, ce qui était inhabituel dans cette rue normalement déserte.

Au loin, j'aperçus deux femmes vêtues de noir. Comme si elles se rendaient à un enterrement. Elles marchaient à vive allure et tenaient des torches allumées.

Mon cœur s'arrêta de battre.

— On n'y arrivera jamais à temps ! criai-je.

Un homme également vêtu de noir et armé d'une torche allumée apparut alors. Je fus prise de panique. À l'intérieur de moi, tout se figea. C'était exactement comme à la fin de *Frankenstein*, où les villageois venaient brûler le château et chasser le pauvre Franky de sa maison, même si cette foule-là était moins nombreuse. Je n'arrivais pas à croire que la situation ait dégénéré à ce point. Je sentais déjà l'odeur de la fumée.

— Non, non ! hurlai-je, mais l'homme avait déjà disparu derrière un virage et se dirigeait vers le portail.

Rien n'aurait pu me préparer à ce spectacle : une horde de Dullsvilliens s'était rassemblée dans le jardin du manoir. Des Dullsvilliens bon chic bon genre vêtus du noir des vampires ? Tout était si sombre que je me demandai si je ne portais pas de lunettes de soleil. Heureusement, une Becky rayonnante me convainquit que je n'avais pas la berlue. Des gens enjoués se promenaient sur la pelouse habituellement déserte de la demeure. Ils avaient tous l'air de bien s'amuser !

Je n'y comprenais rien. On aurait dit une fête, même si cela n'avait aucun sens. Ou bien c'était une autre mauvaise blague ? Alors je vis la bannière suspendue au-dessus de la porte ouverte et tout devint parfaitement clair : « BIENVENUE DANS LE QUARTIER ! »

— Mieux vaut tard que jamais, dit Becky.

Des fanions rouges étaient accrochés au portail, et des torches de jardin éclairaient la colline.

— Hé ! les filles ! Ne nous snobez pas ! lança quelqu'un comme Becky et moi entrions dans le jardin.

Je me retournai. C'était Ruby ! Elle portait une minirobe moulante et des cuissardes en vinyle noir.

— Cette tenue m'a déjà permis d'obtenir un rendez-vous avec un joli garçon, Raven, dit-elle. Tu ne me croiras jamais ! C'est le majordome ! (Ruby se regarda dans son miroir de poche, eut une grimace désapprobatrice, et s'efforça de redonner du volume à ses cheveux bruns.) Il est plus âgé que moi, mais il est mignon dans son genre.

Elle semblait débarquer tout droit d'un défilé de mode parisien. Même son caniche portait un sweat-shirt et un collier clouté noirs.

— Tu me reconnais ? me demanda Janice, vêtue d'une minijupe noire et de rangers. Non ? C'est à cause de la couleur ? ajouta-t-elle en me montrant son vernis à ongles noir.

— N'importe quelle nuance de noir conviendra ! répondis-je.

— J'ai essayé de te dissuader d'aller au bal des Flocons, m'cxpliqua Becky tandis que nous remontions l'allée d'un pas vif. Mais Trevor m'a fait chanter. Tu as toujours été là quand j'avais besoin de toi ; moi, je n'ai pas été là pour toi. Tu me pardonneras un jour ?

— J'étais tellement obnubilée par cette soirée que je ne t'ai pas écoutée. Et tu es là pour moi aujourd'hui. (Je lui pris la main.) Je suis heureuse que tu ne sois plus sous la coupe de Trevor.

En gravissant la colline parsemée de fêtards, nous croisâmes Jack Patterson habillé d'un col roulé et d'un jean noirs.

— J'ai attendu toutes ces années d'avoir l'occasion de te rendre la pareille, avoua-t-il. Je suis le fournisseur officiel de cette soirée. Il n'y a plus rien de noir à vendre au magasin !

Si longtemps après, c'était mon tour de le remercier en l'embrassant sur la joue.

— C'est vraiment incroyable !

— Ce n'est pas moi qui ai eu l'idée de demander à tout le monde de venir en noir ! reprit Jack en désignant un type en tee-shirt noir, Doc Martens, et aux cheveux noirs gominés.

— Salut, Raven ! lança Matt. Comme je craignais que tu ne viennes pas, j'ai envoyé Becky te chercher. Sans toi, nous n'aurions pas pu accueillir Alexander dans les règles de l'art ! (Mon regard s'éclaira.) Il n'a pas cessé de te chercher toute la soirée.

Abasourdie, je me tournai dans tous les sens, incapable de prononcer le moindre mot. Je croyais voir Alexander partout. Mais où était-il ?

— Je crois que tu le trouveras à l'intérieur, me glissa Matt.

— Je n'arrive pas à croire que tu aies fait tout ça !

L'idée de revoir Alexander me mettait dans tous mes états. Je serrai Matt dans mes bras, une étreinte dans le style de Ruby. Je crois qu'il fut aussi surpris que moi par cette démonstration d'affection.

— Tu ferais mieux d'y aller avant que le soleil se lève ! ajouta-t-il.

Je m'arrêtai soudain en pensant à un Dullsvillien que je n'avais pas encore vu.

— Il n'est pas caché quelque part dans l'ombre ? demandai-je.

— Qui ?

— Tu sais bien !

— Trevor ? Il n'est pas invité.

— Merci, Matt. Merci infiniment ! dis-je en levant le pouce.

— C'est grâce à toi. Ça fait du bien, parfois, de se lâcher un peu.

Becky me prit par le bras et m'entraîna vers le manoir. Un buffet avec des rafraîchissements avait été dressé près de l'entrée. Des jus de fruit, des sodas, des chips, des chocolats couverts de sucre glace, des Tic Tac réglisse et des bonbons Haribo. Les friandises qu'Alexander avait servies le soir où j'étais venue regarder un film chez lui.

— Non ! m'exclamai-je en écarquillant les yeux. Je t'ai même parlé des chocolats ?

— Heureusement, sinon nous n'aurions pas eu de buffet.

Elle se prépara à affronter ma colère, mais je souris.

— Je suis contente que tu aies si bonne mémoire. Qui a eu l'idée de cette fête de bienvenue ?

Becky se tourna vers l'escalier d'honneur.

Du coin de l'œil, je remarquai un couple de tourtereaux à la mode qui se tenaient la main.

— Ah ! la voilà ! entendis-je s'exclamer le dandy.

C'étaient mes parents ! Maman portait un pantalon à pattes d'éléphant noir, un chemisier de soie noire, des sandales noires à talons compensés et un collier de perles rouges. Papa avait chaussé des lunettes à la John Lennon cerclées de noir et réussi à enfiler un jean noir et une chemise de soie assortie à moitié déboutonnée.

— Vous avez pris de la drogue, ma parole !

— Salut, ma puce, commença maman. Il fallait bien trouver un moyen de te tirer du lit.

Papa éclata de rire tandis que deux petits garçons déguisés en Dracula nous rejoignaient en courant. L'un d'entre eux écarta sa cape dans son dos et fit semblant de voler dans ma direction.

— Je vais te sucer le sang !

C'était Billy Boy.

— Tu es magnifique ! Le plus mignon des vampires que j'aie jamais vus.

— C'est vrai ? Dans ce cas, je m'habillerai comme ça pour aller à l'école lundi.

— Sûrement pas ! le gronda papa. Deux originaux, ce serait beaucoup trop pour notre petite famille.

Du regard, papa chercha l'aide de maman. Billy me fit un clin d'œil et disparut.

Jameson sortit du manoir, une veste noire à la main.

— Ceci vous appartient, monsieur Madison, dit-il en tendant la veste à papa. Le jeune homme ne voulait pas s'en séparer. À cause du parfum de votre fille, je crois…

J'étais gênée mais je fondais de bonheur.

— Heureux de vous revoir, mademoiselle Raven.

Je voulais voir Alexander. Je voulais le voir tout de suite. Je voulais voir son visage, ses cheveux, ses yeux. Je voulais voir s'il avait changé. Je voulais qu'il me dise s'il sentait toujours ce lien d'amour qui nous unissait. Ou s'il pensait que tout cela n'avait été qu'une illusion.

Comme s'il avait lu dans mes pensées, Jameson ajouta :

— Vous ne voulez pas entrer ?

Je ne me fis pas prier, heureuse que nos retrouvailles (ou notre rupture) aient lieu à l'abri des regards. C'était très calme à l'intérieur. Pas de musique assourdissante dans les combles, très peu de lumière ; seules quelques bougies éclairaient la demeure. Je regardai dans le salon, dans la salle à manger, dans la cuisine et le couloir. Je gravis le grand escalier.

—Alexander ? murmurai-je. Alexander ?

Mon cœur battait la chamade et mon esprit travaillait frénétiquement. Je jetai un coup d'œil dans la salle de bains, la bibliothèque et la chambre à coucher des parents.

J'entendis des voix dans le salon où nous avions regardé la télévision.

Renfield était en train de parler au docteur du comte Dracula. Alexander m'avait embrassée et je m'étais évanouie pendant cette scène. Je m'assis sur le canapé et regardai le film pendant une minute avec une impatience croissante. J'attendais qu'il revienne. Finalement, mon angoisse grandit et je retournai dans le couloir.

—Alexander ?

Je me tournai vers le tapis rouge élimé de l'escalier qui conduisait au grenier. Son escalier !

La porte au sommet des marches grinçantes était fermée. Sa porte. Sa chambre. La chambre qu'il refusait de me montrer. Je frappai doucement.

Pas de réponse.

—Alexander ? (Je frappai de nouveau.) C'est moi, Raven. Alexander ?

Derrière cette porte se trouvait son monde. Le monde que je n'avais jamais vu. Le monde qui contenait les réponses à toutes les questions : comment il occupait ses journées et ses nuits. Je tournai le bouton, la porte s'entrouvrit en grinçant. Elle n'était pas fermée. Plus que tout, je voulais la pousser davantage. Et fouiner un peu. Mais je me ravisai. C'est ainsi que mes ennuis avaient commencé : en fouinant. N'avais-je pas retenu la leçon ? Je pris donc une profonde inspiration et refrénai ma pulsion. Je refermai la porte et descendis les marches grinçantes du grenier puis celles du grand escalier principal avec une confiance recouvrée. Je m'arrêtai devant la porte d'entrée. Sentant une présence familière, je me retournai.

Il était là, mon chevalier de la nuit, qui me regardait de ses yeux noirs, profonds, charmants, calmes, rêveurs, aimants, intelligents, solitaires et attendrissants.

— Jamais je n'ai voulu te blesser, bredouillai-je. Je ne suis pas comme Trevor a dit. Je t'ai toujours aimé pour ce que tu étais !

Alexander resta muet.

— J'ai été bête. Tu es la personne la plus intéressante à avoir jamais foulé le sol de Dullsville. Tu dois me prendre pour une gamine… (Toujours pas de réaction.) Dis quelque chose ! Dis que je suis ridicule, que tu me détestes !

— Je sais que nous avons plus de points communs que de différences.

— C'est vrai ? m'étonnai-je.

— Ma grand-mère me l'a dit.

— Elle te parle ?

Un frisson me parcourut le dos.

— Mais non, voyons, elle est morte ! Mais j'ai vu les fleurs… (Il me tendit la main.) J'aimerais te montrer quelque chose, reprit-il d'un ton mystérieux.

— Ta chambre ? demandai-je en prenant sa main.

— Oui, et quelque chose dedans. C'est prêt, maintenant.

— De quoi parles-tu ?

Mon imagination s'emballa. Que faisait donc Alexander dans cette pièce ? Cette chose dont il parlait était-elle vivante ou morte ?

Nous gravîmes ensemble les deux volées de marches et nous retrouvâmes devant la porte du grenier. De sa chambre.

— Le moment est venu pour toi de découvrir mes secrets. En tout cas, la plupart d'entre eux.

Il poussa la porte.

Il faisait sombre à l'intérieur ; la seule lumière provenait de la minuscule lucarne qui faisait entrer le clair de lune. Je distinguai un fauteuil très usé et un matelas deux places disposé à même le sol. La couette noire roulée en boule laissait voir des draps marron. Un lit d'adolescent ordinaire. Pas un cercueil. Alors je remarquai les tableaux.

Des chauves-souris volant devant le cadran de Big Ben, un château sur une colline, une tour Eiffel à l'envers. Un tableau sombre représentant un couple âgé vêtu dans le style gothique et entouré d'un énorme cœur rouge. Il y avait aussi le cimetière de Dullsville, sa grand-mère souriant au-dessus de sa tombe. Une photo prise par la fenêtre de sa chambre avec des gamins déguisés partout.

— Ils datent tous de ma période sombre ! plaisanta-t-il.

— C'est très spectaculaire, dis-je en m'approchant pour les voir de plus près. (Il y avait de la peinture partout, y compris des éclaboussures sur le plancher.) Ce que tu fais est génial !

— J'avais peur que ça ne te plaise pas.

— Ils sont incroyables !

Dans un coin de la pièce, j'avisai un tableau recouvert d'un drap.

— Ne t'inquiète pas, il ne mord pas.

Je m'arrêtai devant le chevalet et me demandai ce que dissimulait le tissu. Pour une fois, mon imagination me fit défaut. J'attrapai un coin du drap et le soulevai doucement, exactement comme lorsque j'avais découvert le miroir dans le sous-sol de la demeure. Je fus soufflée.

C'était moi, habillée comme le soir du bal des Flocons, un petit bouquet de fleurs rouges épinglé à ma robe. Sauf que j'avais un panier en forme de citrouille au bras, que je tenais un Snickers d'une main et que l'autre était ornée d'une bague araignée. Des étoiles scintillaient au-dessus de ma tête et il neigeait. Je souriais, radieuse, découvrant de fausses dents de vampire luisantes.

— C'est vachement ressemblant ! Je ne savais pas que tu étais un artiste ! J'ai vu tes dessins à la cave, et puis j'ai trouvé un pot de peinture sur le bord de la route… mais quand même !

— Alors c'était toi ? demanda-t-il, pensif.

— Qu'est-ce que tu faisais au milieu de la chaussée ?

— J'allais au cimetière pour peindre la stèle de ma grand-mère.

— La plupart des peintres utilisent de petits tubes, non ?

— Je prépare mes propres couleurs.

— Ça alors. Tu es un véritable artiste. Maintenant je comprends tout.

— Je suis content qu'il te plaise, dit-il, soulagé. Nous ferions mieux de les rejoindre avant que les rumeurs les plus folles circulent sur nous.

— Tu as raison. Les rumeurs se propagent tellement vite dans cette ville.

— N'est-ce pas étrange ? me demanda-t-il en me tendant un soda lorsque nous eûmes rejoint les autres Dullsvilliens dans le jardin. Ce soir, nous ne sommes plus des marginaux.

— Profitons-en. Demain matin, tout redeviendra normal.

Les invités souriaient et s'amusaient.

Soudain, je remarquai une silhouette au loin ; quelqu'un trottait dans l'allée, droit sur nous.

— Trevor ! lâchai-je, stupéfaite. Que fait-il ici ?

— Ce type est un monstre ! hurlait-il. Et sa famille aussi !

— Pas lui ! Pas encore !

Tous les regards étaient rivés sur Trevor.

— Alexander, retourne à l'intérieur, le pressai-je.

Toutefois, il refusa de bouger.

— Pour l'amour du ciel, ce type traîne dans les cimetières ! beuglait Trevor en désignant du doigt mon amour gothique. Il n'y avait pas de chauves-souris dans cette ville avant son arrivée !

— Il n'y avait pas de loser dans cette ville avant ton arrivée ! rétorquai-je.

— Raven, calme-toi, me réprimanda sèchement mon père.

— Bon, ça suffit, maintenant ! tonna Matt en s'approchant, suivi de près par son cousin Jack.

— Eh ! regardez ! Je viens d'être attaqué ! s'exclama Trevor en montrant une égratignure dans son cou. Par une chauve-souris ! Je vais devoir me faire soigner contre la rage !

— Laisse tomber, Trevor, lâcha Matt avec lassitude.

— Ça vient de m'arriver sur le chemin ! J'ai appelé chez toi et ta mère m'a dit que tu faisais la fête dans la baraque des monstres ! Qu'est-ce qui t'arrive ? On est censés être potes !

— Tu es seul responsable, répondit Matt. J'en ai assez de te conduire aux quatre coins de la ville pour que tu propages tes rumeurs stupides. Tu t'es assez servi de moi, Trev.

— Mais j'avais raison ! Ce sont des vampires !

— Et moi j'ai eu raison de ne pas t'inviter.

— Vous êtes tous complètement timbrés. Faire la fête avec ces monstres ! s'exclama Trevor en jetant un regard circulaire sur les convives.

— D'accord, Trevor, ça suffit maintenant, dit mon père en s'avançant vers lui.

— Je n'ai rien à voir avec tout ça, s'excusa Alexander, gêné.

— Tout le monde l'a compris, le rassurai-je.

— Mais..., commença Trevor, furieux, les yeux injectés de sang.

— Je préférerais ne pas avoir à appeler ton père, poursuivit papa en lui posant une main sur l'épaule.

Trevor fulminait, mais il était essoufflé. Il n'y avait plus personne pour rire de ses plaisanteries, prendre son parti ou penser qu'il était extraordinaire parce qu'il avait marqué le but de la victoire. Il n'y avait pas de filles idiotes qui rêvaient de sortir avec un sportif ou au moins de faire partie de sa cour parce qu'il était populaire. Il ne lui restait plus qu'à partir.

— Ce n'est pas fini, croyez-moi ! Cette ville tout entière appartient à mon père !

Il n'avait rien trouvé de mieux à dire. Il tourna les talons.

— N'oublie pas de mettre un peu de glace sur ta blessure, lui conseilla maman comme si elle était Florence Nightingale.

— Il a plutôt besoin d'un tranquillisant, pas de glace, maman.

Nous le regardâmes descendre jusqu'au portail et disparaître.

— On avait commandé un message chanté, mais on dirait qu'ils se sont trompés de coursier, plaisanta papa.

La foule rit avec soulagement.

Alexander et moi restâmes accrochés l'un à l'autre pour nous réconforter mutuellement. Les enfants se mirent à courir dans tous les sens en jouant aux vampires.

Plus tard, après qu'Alexander eut dit au revoir à tous ses voisins, Becky vint m'aider à débarrasser le buffet.

— Je suis désolée, commença-t-elle.

— Tu vas t'excuser comme ça jusqu'à la fin de tes jours ?

Je la serrai dans mes bras.

— On se voit demain, dit-elle, les yeux fatigués.

— Tes parents sont déjà partis ?

— Les horaires de la ferme ne changent jamais ; ils se couchent tôt et se lèvent tôt tous les jours.

— Avec qui rentre-t-on, alors ?

— Avec Matt.

— Matt ?

Elle eut un sourire de fille conquise, charmée.

— Il n'est pas aussi snob qu'on le pense.

— Je sais. Qui l'eût cru ?

— Il n'est encore jamais monté sur un tracteur. Est-ce qu'il raconte ça à toutes les filles ?

— Non, Becky, je pense qu'il est sincère !

— Allez, Becky, tu viens ! appela Matt, comme il avait l'habitude d'appeler Trevor.

— Je vous rejoins dans une minute, dis-je à ma meilleure amie.

J'étais en train d'aider Jameson à ramasser les déchets de la soirée quand Alexander descendit de sa chambre vêtu d'une cape, les cheveux gominés et un dentier de vampire dans la bouche.

— Le vampire de mes rêves !

Il m'attira dans le vestibule.

— Tu as voulu me sauver, ce soir, commença-t-il, et je t'en serai éternellement reconnaissant.

— Éternellement, répétai-je, tout sourires.

— Avec un peu de chance, je te retournerai la pareille un jour.

Je gloussai tandis qu'il me mordillait le cou.

— Je n'ai pas envie de partir, geignis-je, mais Becky m'attend. On se voit demain ? Même heure ? Même chaîne ?

Il me raccompagna jusqu'à la porte et me mordit dans le cou avec ses dents de vampire.

Je ris et tentai de lui arracher son dentier en plastique.

— Aïe ! s'exclama-t-il.

— Eh ! tu n'étais pas censé les coller à la Super Glue !

— Raven, dis-moi, tu ne crois plus aux vampires ?

— Tu m'as guérie de cette maladie, répondis-je, mais je continuerai à mettre du rouge à lèvres noir.

Il me donna un long et très agréable baiser pour me souhaiter bonne nuit.

En me retournant, je remarquai le miroir orné d'un monogramme de Ruby sur les marches. Je le ramassai et l'ouvris pour arranger mon rouge à lèvres. Et je vis le reflet de la porte du manoir.

— Fais de beaux rêves, entendis-je Alexander murmurer.

Il n'apparaissait pas dans la glace.

Je me retournai. Alexander se tenait bel et bien dans l'encadrement de la porte.

Je regardai de nouveau dans le miroir. Il n'était plus là !

Je fis volte-face et me retrouvai nez à nez avec le serpent du heurtoir, qui me regardait droit dans les yeux. Je frappai désespérément à la porte.

— Alexander ! Alexander !

Je fis un pas en arrière, incrédule, puis reculai encore et levai les yeux vers la lucarne de sa chambre. La lumière s'alluma.

— Alexander ! appelai-je.

Il écarta un peu les rideaux plissés. Mon ami gothique, mon amour gothique, mon prince gothique, mon chevalier de la nuit. Il posa sur moi un regard brillant de désir et toucha la vitre avec sa paume. Je restai là sans bouger. Je commençai à tendre la main dans sa direction, mais il recula et la lumière s'éteignit.

• 22 •

Date limite

Mon rêve de petite fille était devenu réalité, sauf qu'il s'agissait d'un cauchemar. Si je m'étais attendue… Je restai éveillée toute la nuit à essayer de comprendre ce qui m'arrivait.

Le garçon dont j'étais amoureuse était-il vraiment un vampire ? Étais-je condamnée à devenir une goule et à le rester à jamais ?

Je ne réagis pas à ce rebondissement comme j'avais souvent rêvé de le faire. Je ne décrochai pas le téléphone pour appeler CNN. Sur le chemin du retour, je ne prononçai pas le moindre mot et me contentai de regarder par la fenêtre tandis que Becky flirtait avec Matt.

À la maison, je m'enfermai dans ma chambre. Je feuilletai mes livres sur les vampires à la recherche de réponses, mais je n'en trouvai aucune. Je m'imaginai lui disant que je l'aimais comme il était, que son secret serait bien gardé. Mais étais-je réellement prête à tirer un trait sur ma vie ? À échanger mon monde contre le sien ? À quitter mes parents ? Becky ? Et même Billy Boy ? J'examinai mon reflet dans le miroir en pied comme si c'était la dernière fois.

Je passai la journée suivante au cimetière à faire les cent pas devant la tombe de la baronne. Dès que le soleil eut disparu derrière les arbres, je pris le chemin du manoir.

Je contournai la colline et remarquai que le portail était fermé. J'escaladai la clôture et trouvai la demeure encore plus étrange et isolée qu'à l'accoutumée. La Mercedes n'était pas dans l'allée et les lumières étaient éteintes. Je sonnai encore et encore. Je cognai le serpent. Pas de réponse. Je regardai par la fenêtre du salon. Les meubles étaient couverts de draps blancs. Je fis le tour de la maison, collai mon nez contre la fenêtre de la cave et restai bouche bée. Les caisses de terre avaient disparu !

Mon cœur s'arrêta de battre. J'étais incapable de déglutir.

J'attrapai la brique descellée que j'avais utilisée pour me glisser dans le manoir la dernière fois ; toutefois, lorsque je tirai dessus, une enveloppe sur laquelle était écrit mon nom en grosses lettres tomba.

Je retournai au portail et tins l'enveloppe à la lumière d'un lampadaire.

Oui, il s'agissait bien de mon nom.

J'en sortis une carte noire. Cinq mots simples écrits en lettres rouge sang : « PARCE QUE JE T'AIME. »

Je caressai les mots du bout des doigts et posai la carte sur mon cœur. Je m'adossai, lasse, contre le portail, tandis que les larmes ruisselaient sur mes joues.

J'avais l'impression qu'on m'enfonçait un pieu dans le cœur.

Des oiseaux gazouillaient au-dessus de ma tête ; je levai les yeux et les vis tournoyer au-dessus des arbres. L'un d'entre eux se détacha du groupe, fondit dans ma direction et se posa sur le portail en fer.

C'était une chauve-souris.

Les ailes repliées, immobile et solennelle, elle fixa son regard sur moi. Son ombre était imposante sur le trottoir, le rythme de sa respiration identique au mien. Les chauves-souris étaient aveugles, mais celle-ci semblait scruter mon âme.

Je tendis doucement la main.

— Alexander ?

Elle s'envola.

CASTELMORE
60-62, rue d'Hauteville
75010 Paris
E-mail : info@castelmore.fr

CPI
AUBIN IMPRIMEUR

IMPRIM'VERT
Votre imprimeur agit pour l'environnement

Achevé d'imprimer en mai 2011
N° d'impression L 74493
Dépôt légal, mai 2011
Imprimé en France
36231022-1